Jorge Aristizábal Gáfaro

Grammatical Psycho

Premio Nacional de Literatura IDCT, Bogotá

Tercera Edición Revisada

Nueva York, 2020

Title: Grammatical Psycho

ISBN-13: 978-1-940075-89-1
ISBN-10: 1-940075-89-0

Design: © Carlos Velásquez Torres
Cover & Image: © Julia Bittruf

Editor in chief: Carlos Velásquez Torres
E-mail: carlos@artepoetica.com
Mail: 38-38 215 Place, Bayside, NY 11361, USA.

Jorge Aristizábal Gáfaro

Grammatical Psycho

Premio Nacional de Literatura IDCT, Bogotá

Tercera Edición Revisada

Contenido

Para mi buen amigo Jorge Andrés Sánchez Calvo, el Profe,

por su lealtad a la demencia.

La brillante sombra en *Grammatical Psycho*

Una de las tareas que se impuso la literatura romántica fue la de trazar los límites entre el bien y el mal, de una manera didáctica, para que el lector asistiera a la configuración de un nuevo mundo. La literatura gótica, como una expresión coetánea del romanticismo trazaba los bosquejos de una oscuridad subyacente en el alma humana que podría ser domada siguiendo estrictos cánones morales. Todo eso parece permanecer en la memoria de las gentes y, si acudimos a conceptos mas jungianos, parece morar en el inconsciente colectivo, uno de los paradigmas que conforman la psique según el psicoanalista suizo.

Otra situación es la nuestra; la época en que nos tocó vivir nos remite más a la búsqueda del mal interior, más allá de las secuelas románticas, o el coletazo de vampiros pueriles y modernizados, tanto en la literatura como en el cine. Se puede hacer mención de obras como *Psycho*, *The Shining*, *A Clockwork Orange* y *American Psycho*, entre otras muchas que han servido de fuente a las cinematografías estadounidense e inglesa, entre otras. Es importante señalar que lo que concierne a este texto, es una apropiación del tema de la sanidad mental a partir de una muy juiciosa elaboración literaria. La notable obra de Jorge Aristizábal Gáfaro es un producto estético de una exquisita narrativa que no adolece de la simpleza de señalar *a priori* lo bueno y lo malo como una deficiencia moral o moralista. La obra de este narrador se sumerge en las complejidades de su momento histórico y transmuta los diferentes trazos del relato en una gran pieza multidimensional que les permite a los lectores viajar por los diferentes sustratos de la realidad.

Según Carl G. Jung, otro componente esencial del alma es la sombra; cada ser humano la posee. No me refiero al fenómeno físico, a la oscuridad producida por la interferencia de un objeto opaco ante un rayo de luz, o acaso literariamente, a aquella que Wendy trataba de coser a los pies de Peter Pan. La sombra, la interior, que es el combustible generador en esta magnífica colección de relatos, es aquella fuerza profunda que todos tememos y que deseamos, desde lo más hondo de nuestra vergüenza, ocultar. Es todo aquello que nos hace apartar nuestra mirada del espejo en el que pretendemos reconocernos cada día. Es la que rogamos que desparezca en cada íntima y entrañable plegaria, ya sea con lo divino, o con algún poder esotérico que pueda influir en nuestro íntimo ser. Es la fuerza de maldad que sabemos existe dentro, tan poderosa que puede desembocar en la mayor manifestación de desenfreno; esa que ante las gentes ocultamos con nuestro mayor ahínco. Es sabido que cuanto más brillante es la luz, más retinta será la sombra que se produce; así mismo, cuanto más deseamos brillar ante los demás, los deseos ocultos e innombrables bullen de manera tal, que en algún momento debemos escapar de la mirada pública para conciliar con lo más oscuro en la soledad de nuestra culpa. De esa materia está hecha esta compilación de historias.

Grammatical Psycho es una disección quirúrgica que atraviesa los diferentes estratos de la conciencia y lleva de la mano al lector a una aventura que inicia desde la esfera pública hasta los más hondos y deleznables hechos producidos por almas atormentadas. Por supuesto, hay dos caras opuestas de realidad, una social y externa, otra íntima y escondida. Jorge Aristizábal Gáfaro posee el don de hacernos trasegar por tan agreste camino sin el peligro del extravío. Este viaje dantesco, guiados por un Virgilio de la contemporaneidad, desciende hasta lo más profundo del laberinto de la psique. Cada narración se aferra a un matiz distinto de las profundidades de lo oscuro. Desde lo egoico individual, como sucede en *La transcripción de la agonía* o en el *Grammatical Psycho* en las que individuos, que se imaginan privilegiados, pretenden en su delirio aportar su luz al mundo, pero terminan produciendo dolor y venganza en su mundo. Desde lo social, como es el caso de *La cruzada del niño*, donde el peso de los paradigmas culturales hace que un accidente sumerja en la tragedia a toda una familia. Desde lo histórico, como lo vemos en *Massive Killer*, donde la configuración de los símbolos nacionales ha sido capaz de alimentarse de la sangre de inocentes. Y finalmente, desde lo mental, *Lutero en*

Cartagena, donde lo más intrincado de la mente nos lleva a conocer un mundo en que no se distingue la cordura de la demencia. Al final de la lectura, de alguna manera, reconocemos que esa sombra también es parte intrínseca de nuestro ser. Ese es el inicio de la curación.

El libro de Jorge Aristizábal Gáfaro, que tenemos en nuestras manos, es una pieza de habilidosa calidad literaria que cumple muchas funciones, más allá del extraviado didactismo de la antaño literatura romántica. Esta colección de cuentos es la travesía que deberíamos emprender si el proceso de integrar la sombra a nuestra vida representare la cordura que nuestro mundo necesita. En tal sentido, este libro, más allá de su indudable calidad artística, desempeña lo que se espera de la verdadera literatura, ser testigo de su época, adentrarse en lo más profundo de la esencia humana y convertirse en otro adoquín en el sendero que comunica nuestra vida con lo inefable.

Carlos Velásquez Torres, Ph. D.

The City College of New York

Una ironía equilibrada

Al otorgarle el premio único en el Concurso Nacional de Libro de Cuentos, el jurado destacó en *Grammatical Psycho* su coherencia estilística y temática, y la originalidad de sus historias marcadas por una ironía equilibrada, buen ejemplo de la renovación literaria que vive el país. El juicio es acertado por cuanto, en efecto, la narrativa nacional abandona con este trabajo cierto *Ethos* conservador y da un paso significativo para ponerse al día con los temas que la cultura globalizada está barajando durante el cambio de milenio.

Con toda propiedad y valiéndose de un estilo libre de artificios y de un muy bien templado humor, Jorge Aristizábal Gáfaro le imprime color local a ciertos temas de metrópoli, como los asesinos seriales y masivos, la paranoia de una conspiración universal, los desafueros de la ciencia y las señales del Apocalipsis, entre otros, para demostrar cómo tales problemáticas nos son propias aquí y ahora.

Así, en *Grammatical Psycho*, primer relato que da nombre al libro, encontramos a Miguel Rufino Bello, un *serial killer* bogotano que, agazapado en su erudición en asuntos de lingüística, legitima su compulsión homicida con una empresa del mejor talante borgiano: la realización de un viaje de regreso en la lengua hasta los comienzos para que la humanidad pueda reencontrase con Dios.

El segundo relato, *La transcripción de la agonía*, es la venganza de un cirujano que por la intromisión de su rival, Luis Azuero, pierde no solo a la mujer que ama, sino la posibilidad de salvar la vida de 30 millones de niños en toda América Latina.

La cruzada del niño entreteje el mito de Tiresias y el espléndido relato de Marcel Schwob como fondo, en el que tiene lugar la arbitraria operación de cambio de sexo de un niño, cuyas inclinaciones naturales generan toda suerte de confusiones no solo a él, sino a quienes lo rodean.

Mediante sucesivos cambios dimensionales, al mejor estilo de Cortázar, *Lutero en Cartagena* es el título de la tesis de un profesor que, al intentar demostrar cómo la miseria de Colombia es el correlato del desarrollo del primer mundo, es declarado demente y sometido a una intervención neurológica.

Finalmente, en *Massive Killer*, encontramos uno de los más sorprendentes tratamientos de tema histórico: en razón de cierto episodio que tiene lugar en Quantico (Virginia, EE. UU.), uno de los perfiladores del FBI argumenta cómo el general Hermógenes Maza encaja en el perfil de asesino de masas, de suerte que la figura del héroe nacional es actualizada y desplegada con total fluidez y verosimilitud en el marco de las preocupaciones contemporáneas.

Más allá de su ironía, coherencia y originalidad, el libro es importante por la contundente validación del manifiesto literario del autor, para quien el acceso poético y político de nuestra realidad tiene que operarse por vía de unos saltos al centro y al futuro no para huir, sino para tomar la necesaria distancia que nos permita comprender y elaborar nuestras tragedias. Desde luego, semejante concepción implica una ardua reflexión sobre la cultura contemporánea y un irremisible compromiso con la escritura que con *Grammatical Psycho* tiene el primero y uno de sus más valiosos logros.

Jurado Concurso Nacional de Libro de Cuentos,
IDCT, Bogotá.

Grammatical Psycho

Babel fue como una segunda caída,
en algunos aspectos tan desoladora como la original.
George Steiner

I

Al horror de ver la cabeza de Oriana Caicedo en una bolsa de basura arrojada en un pastizal, se sumaba una mutilación atroz: le habían arrancado la lengua. La jornada siguiente, los demás miembros fueron asomando entre periódicos en diversos puntos de la ciudad. Bastó con que Oriana fuera una reconocida reportera y que su familia tuviera antecedentes progresistas, para que las autoridades se aferraran a la primera hipótesis: la violenta retaliación del narcoparamilitarismo por sus denuncias.

Semanas después, cuando fueron halladas las manos del senador Francisco Abdalá Valencia-Uribe, ya nadie se acordaba de la comunicadora. Acaso porque los ajustes de cuentas son frecuentes en la industria criminal y quizá porque no hay en Bogotá semana sin primicia espeluznante, ni la prensa tuvo tiempo, ni las autoridades agudeza para relacionar los casos. El asesinato —señaló una fuente "fidedigna" —obedeció a una *vendetta* entre narcotraficantes.

De Lola Zárate nunca se encontró la cabeza. Era una actriz en decadencia a raíz de sus adicciones y el escándalo de sus romances, así que su muerte se atribuyó, según los medios, a "razones de pasión". La confesión de un admirador que la acosaba dio para cerrar el caso, de modo que jamás se relacionó con los anteriores ni con el que pasadas tres semanas volvió a desperezar la opinión.

Tan honesto como glamuroso, Tulio Santos Prisco era un admirado columnista, pero su empeño en movilizar a la ciudadanía en contra del secuestro hizo concluir que lo había ejecutado la guerrilla.

Los asesinatos de mayor ruido fueron los de Hansel y Tito, "príncipes del reguetón", cuya sevicia se endilgó a "raperos anarquistas que se disputan con las barras bravas y grafiteros satanistas los muros de la calle 26".

En su momento, aquellas muertes generaron el repudio y las protestas de trámite, pero hechos más y menos escabrosos las sepultaron en la impunidad. A nadie se le ocurrió que pudieran estar relacionadas, pues más allá de que las víctimas fueran personas públicas y que sus cuerpos aparecieran desmembrados, no existía nada que las vinculara. Lo que había, empero, daba para sentir escalofrío: enlazaban la malvada serie de un excepcional psicópata.

II

A todos nos aqueja algún grado de susceptibilidad con el lenguaje. En ocasiones y sin saber por qué, palabras, expresiones y maneras de hablar —no precisamente impropias o procaces— nos parecen detestables y nos hacen detestar a quien las usa. A veces sabemos que es el sonido, el significado o ciertas connotaciones la causa de una aversión que, precisamente, por consciente se exacerba.

Desde luego, también hay situaciones en que el fastidio es justificado: escuchar, por ejemplo, al compatriota que innecesariamente usa expresiones extranjeras, hace que faltas que podrían ser inocuas se conviertan en imperdonables.

¡Y qué decir de los errores ortográficos, gramaticales o de pronunciación cometidos en nuestro idioma! Quizá se le acepten a gente humilde y desfavorecida, pero si vienen de personas con privilegios e influencia, tales desaciertos resultan ofensivos.

Naturalmente, la referida susceptibilidad es mayor entre conocedores: filólogos, gramáticos y otros estudiosos que no pueden reprimir su disgusto ni el impulso de corregir textos y autores manchados por el descuido y la ignorancia.

Es cierto que a menudo tal impulso resulta placentero: cazar "gazapos" es un goce ligado a la venganza que se eleva cuanto más encumbrado es el autor del desatino. Por desgracia, cuando tal debilidad deriva en obsesión, la cacería ya no es un disfrute, y el menor contacto con internet, medios y libros es la peor de las torturas.

Si este llega a ser el caso, la reacción ya no es el desdén o la ironía, sino la furia, una furia que será aceptable, porque entre las furias que un error verbal pueda desatar, no ha existido, no existe ni existirá jamás una tan apocalíptica como la de Miguel Rufino Bello.

III

Licenciado en español y filología clásica y con una maestría en lingüística hispánica, Miguel Rufino Bello es un erudito en asuntos del lenguaje. Su tenacidad y conocimiento lo tienen desde hace años ocupado en la obra que lo hará inmortal: *Historia de las aberraciones fonéticas y gramaticales en la comunidad hispanohablante desde el siglo XVII*. Se trata de un descomunal proyecto que lo aparta del vivir común, pero que, a la vez y pese a las apariencias, lo convierte en aristócrata: tan exquisito como un marqués, tan productivo como un vampiro.

Vive de Lorenza Pacheco, su mujer, quien dirige en el mercado de Las Nieves la fama heredada de una familia de carniceros de la que era amiga la madre del lingüista. Libre de las cuentas de la casa, él puede darse a sus pesquisas: de lunes a sábado, pasa la mañana examinando diarios y revistas; por la tarde, va a las bibliotecas a llenar sus fichas y, por la noche, en la sala de su casa y sin apartarse de sus hijos, inspecciona, en un *zapping* frenético, las faltas que hieren "mortalmente" el idioma.

Puesto que su mujer llega muy tarde, solo la ve un rato el domingo, cuando cumple con ir a recogerla. Nunca le ha colaborado en el negocio, pues —¡ni más faltaba!— es un intelectual. No obstante, mientras ella cuadra cuentas, él experimenta deleite en aquel escenario de baldosas blancas, filos acerados, astillas de huesos y carnes destazadas, pues de este obtiene ideas para lo que sucede en sus dominios: la casa que heredó a la muerte de su madre, en una esquina de la plaza España, una vieja construcción de la que aleja a su familia con el argumento de que allí tiene su estudio, el lugar donde trabaja en sus investigaciones.

Así, cuando sus hijos no van al colegio o cuando Lorenza sufre algún percance que la recluye en el hogar, él alega que está en lo álgido de sus indagaciones y huye a su laboratorio, donde se encierra durante lapsos que solo interrumpe cuando la falta de dinero lo fuerza a volver con la mujer.

Para los tíos y primos de Lorenza, el sujeto es un parásito. Para ella, en cambio, el marido perfecto: no fuma, no bebe, no la maltrata; es cariñoso con los niños y aunque habla poco y se ausenta con frecuencia, las razones son siempre de estudio, pues es un hombre preparado, infinitamente más culto que ella, una humilde hija de carniceros que da gracias por haber sido su elegida.

De faldas jamás ha habido un lío, aunque no por vocación, como cree Lorenza, sino porque Miguel Rufino es un sujeto tímido, corto de palabras y de presencia imperceptible.

Tiene calvicie franciscana, ojos pequeños como cortados con cuchilla y un choque extraño entre sus facciones de niño y sus dientes podridos. Viste trajes de paño oscuro, cuyas mangas dejan ver los puños de la camisa y las medias blancas que usa con zapatos sin empeine, según cierta moda que alguna vez vino de España.

IV

—Sé que a muchas las tiene *matadas* —opone Lorenza a las objeciones de tías y primas—. Pero yo no lo mantengo porque sea buen mozo y elegante, sino porque no consigue empleo.

Lo primero es cierto; lo segundo, discutible, y lo tercero, un hecho, pues en verdad Miguel Rufino ha querido colocarse, pero no es fácil hallarle sitio a su perfil.

En alguna ocasión, un profesor del Instituto C&C lo presentó al director de cierto diario donde tendría una columna para comentar los errores en la publicidad de las empresas. El primer día, pasó dieciocho horas escribiendo el segundo párrafo de un artículo de tres que al final no alcanzó a entrar en la edición. La jornada siguiente, cuando concluyó el artículo, explicó que apenas "calentaba la mano" y aseguró que lograría "rapidez y contundencia". Al editor no le hizo gracia que tardara tanto en impugnar la falta de una tilde, pero aceptó que se ocupara del anuncio de un grupo financiero. Por la mañana, sin embargo, cuando lo vio llegar con los libros que usaría para su argumentación, corrió a decirle que lo sentía, pero que en vez de la columna de gazapos, iría otra sobre cuidado de mascotas.

En otra ocasión, una prestigiosa editorial le encomendó apoyar a uno de los cronistas más vendidos por su olfato y valentía acusadora. Esta vez, Miguel Rufino haría la corrección de estilo de un libro primicia que revelaría uno de los escándalos de corrupción política más sórdidos. Once meses después, cuando llegó con las pruebas corregidas, no solo los culpables ya habían sido exonerados, sino que el autor había demandado a la editorial y publicado con otro sello la denuncia que para entonces no tuvo interés.

Por último, se vinculó como catedrático a una facultad de periodismo. Pasado un par de meses, el decano lo llamó —no quiso escribirle por precaución— para rogarle que no volviera. Los estudiantes eran los únicos culpables de que llevaran seis semanas atascados con los usos del gerundio y merecían —¡cómo no!—que él, en su celo formativo, les hubiera dado aquellas "bofetadillas" y aplicado sus "cariñosos correctivos"; pero la universidad enfrentaba costosas demandas, y era su obligación como decano apartar al profesor de tales líos.

Semejantes reveses, atribuibles a la ignorancia, el afán comercial y la falta de escrúpulos en el manejo del idioma, cercenaron los propósitos profesionales de Miguel Rufino Bello y le revelaron que lo suyo era el heroísmo solitario y silencioso del que emergerían los siete volúmenes de su *Historia de las aberraciones fonéticas y gramaticales en la comunidad hispanohablante desde el siglo XVII*, proyecto descomunal que, además de erudición, exigía el impulso de uranio y la fluidez de escritura que le faltaron al querer ironizar sobre un absurdo.

V

Siendo el idioma la materia del tratado, era el idioma la razón de su bloqueo. Y si le era difícil separarlos, era porque su obsesivo cuidado verbal procedía de una nada saludable infancia. La madre, una vendedora de frutas en el mercado de Las Nieves, lo dejaba al cuidado de las dueñas de un colegio en La Candelaria, que además se autoproclamaban poetisas. Las señoritas Montesinos educarían al muchacho a cambio de que él hiciera los mandados, lavara cocina, patio y baños y brillara el piso de los seis salones que por la mañana se usaban para primaria, y por la tarde, para bachillerato.

Era más bien un sirviente, pero se destacó como el mejor alumno en las áreas de español y literatura, al ver en la rectitud con las palabras la vía única para huir del ámbito ensordecedor y asfixiante de la madre.

Después de la venta, la señora bebía cerveza con los zorreros, verduleras y carniceros de la plaza y llegaba a golpearlo e insultarlo con las más sucias groserías. Y los domingos, para rematar, lo llevaba de las orejas para que cargara bultos y vendiera la fruta en aquel horrible mundo en que la suciedad y la hediondez se fundían con la procacidad gritada a voz en cuello.

Al margen de por qué Miguel Rufino incubó tan voraz tenia de odio, el hecho es que odiaba a la madre y las plazas de mercado; odiaba la cerveza, la fritanga y las cantinas; odiaba a los zorreros, las verduleras y los carniceros; odiaba a las señoritas Montesinos ya no por su habla —eran poetisas—, sino por su crueldad: "La letra con sangre entra", repetían; odiaba la universidad, pues no entendía cómo profesores y estudiantes podían ser tan mal hablados y escribir con tan mala ortografía.

Odiaba el Instituto C&C, porque allí tenía rivales ingleses y alemanes disciplinados como él, pero que ofendían el castellano con la tosquedad de sus acentos. Por supuesto, abominaba la ciudad por su ruido, su población vociferante, sus muros insultantes, sus avenidas infestadas de ignorancia, sus músicas de obscena estupidez y sus radios, diarios y pantallas en los que nadie tenía respeto por la lengua de Cervantes.

VI

A las mujeres no solo las aborrecía: les atribuía la morbidez verdosa de sus dientes. Cuando las señoritas Montesinos estaban de humor y él había escrito sin faltas un dictado, lo dejaban subir a sus habitaciones, le ofrendaban elegías, romances y sonetos, se los declamaban con voces trémulas, falsetes y vibratos y, en el vértice del éxtasis, lo llamaban "Divinísimo Narciso Muisca", blanqueaban los ojos, se subían las enaguas y se tendían para que les lamiera la entrepierna.

Con espasmos de angustia y asco, el muchacho no veía pizca de sentido en semejante bacanal de cuartetos y tercetos, de hexámetros y alejandrinos, pero por instantes, por brevísimos momentos, creía que aquellos versos eran música, sonidos hermosísimos revestidos de una magia con poder para endulzar el olor y el sabor que le hacían arder la lengua.

Lo que no supo jamás fue que la magia procedía de su boca de diez años y no de las disparatadas rimas de dos señoritas de sesenta. Por eso, tampoco comprendía por qué luego de arquearse y de gritar poseídas de un temblor como de susto, en fin, por qué después de acariciarle la cabeza, de mirarlo con ojos extraviados y de estar a punto de besarlo, recobraban su voz de guacamaya y lo arrojaban a puntapiés gritándole que fuera a despercudir los baños.

—¡Y cuidadito va y le cuenta a alguien! —le decían—. ¡Usted que suelta una palabra y nosotras que le quemamos la jeta con un cuchillo al rojo vivo!

Por todo aquello, cuando su graduación en filología coincidió con el deceso de la madre, regresó al mercado de Las Nieves para comprometerse con Lorenza, a quien desposó con el acuerdo de que ella sostendría la casa para que él pudiera culminar sus estudios de posgrado.

Lorenza hablaba como hablaban todos en el mercado de Las Nieves, pero tenía cara bonita y era risueña y, en ocasiones, picarona. Había dejado de ser adolescente, pero lo parecía por su piel limpia, su cuerpo rozagante y sus movimientos decididos. Llegó virgen a la boda —permanecería así dos años más— y aportó a manera de dote una casa en La Perseverancia, adonde se fueron a vivir con

Brígida, una hermana de la novia que se ocupaba de atenderlos.

Pese a la enconada oposición de sus tías, Lorenza siempre estuvo loca por Miguel Rufino. Desde niña, porque lo veía pasar frente a la fama, lloroso e indefenso, y después del casamiento, porque lo veía elegante, estudioso y apacible, inmerso siempre en un silencio de templanza como suelen parecer los santos.

Por eso la abnegación con que asumió el negocio que heredó de uno de sus tíos; por eso la generosidad con que le daba regalos y dinero, y por eso la dichosa devoción con que le compró una camioneta Jeep Cherokee negra, cuando él juró que se quitaría la vida antes que volver a soportar las disparatadas retahílas de los vendedores, mendigos, cantantes y predicadores que le daban carácter de tortura al colérico transporte público.

VII

Miguel Rufino Bello nunca se imaginó frente a un volante, pero fueron precisamente el caos, los atascos y la violencia del tráfico capitalino los que hicieron estallar su colosal furia psicótica. Debido a daños causados por el infame estado de las vías, llevó la Cherokee a un taller de La Estanzuela y tras una semana en que padeció los horrores de ir a pie, tomó por fin un taxi para ir por el vehículo.

Era una tarde cenicienta, con barrizal en las calles y atmósfera humeante como el interior humeante del mercado de Las Nieves. A pocas cuadras del taller, el taxista de camisa a cuadros y bigote hirsuto entabló conversación y, luego de una ráfaga de quejas, dijo:

—En el radio dijeron *de que* el tal *interné* ese va a hacer *chicuca* el mundo.

—¿"*De que*"? —murmuró Miguel Rufino sintiendo un furor apocalíptico.

Enseguida, le ordenó cambiar de ruta y luego, en un paraje de la Circunvalar, lo estranguló con la corbata. El taxista rompía el parabrisas con su desesperado pataleo, cuando el gramático le dijo en tono casi dulce:

—El dequeísmo es una falta imperdonable.

Tras borrar sus huellas, dejó el taxi y caminó feliz. Por la noche, desfloró a Lorenza para una sucesión de asaltos en los que no dejó de gritar palabras sucias. De tan violento encuentro nació su primer hijo, Pelayo, cuyo bautizo en la iglesia de Las Nieves lo hizo arrepentirse de su crimen.

Meses después, tras admirar la *Gramática castellana*, de Antonio de Nebrija, y celebrar el mandamiento "Escribir como se habla, hablar como se escribe", entró en un local próximo a la Biblioteca Nacional y pidió un café. Al momento de entregarle el cambio, la tendera dijo:

—Ahí tiene las *devueltas*.

Durante más de nueve horas, el gramático se apostó en la esquina hasta que vio salir a la mujer. La siguió ávido y furtivo entre el gentío que a esa hora invade la avenida Jiménez, pero al llegar al oscuro barrio La Concordia, la alcanzó, la tomó por la cabeza y de un giro fuerte y súbito le destrozó las vértebras del cuello.

—¡Ahí tiene sus vueltas! —le dijo al cadáver antes de dejarlo.

Su tercer homicidio ocurrió en la calle de Los Turcos, por los días en que Pelayo comenzó a gatear. Miguel Rufino entró con Lorenza en un almacén de ropa donde un vendedor, tan locuaz como entusiasta, dijo sosteniendo un par de abrigos para ella:

—Si la dama *apetece de ambos*, debería llevárselos. El *tema del* precio *como tal* es *de verdá muy accequible*.

Al día siguiente, el gramático volvió, se dejó atender por el alegre vendedor, fingió querer probarse un traje, se hizo llevar al vestidor y, una vez allí, empujó al hombre, le metió un trapo en la boca y lo apuñaló seis veces diciendo:

—¡*Asequible* y *accesible* son adjetivos diferentes!

Por la noche, recitaba los emblemas del *Tesoro de la lengua castellana*, de Sebastián de Covarrubias, mientras una Lorenza atónita y gozosa concebía a Dámaso, su segundo hijo.

Tales eventos inspiraron en Miguel Rufino Bello un razonamiento: si aquellas "correcciones" lo habían hecho fecundo, otras bien podrían darle fuerza para escribir su obra. Los castigos infligidos habían sido más bien incidentales, pero ¿qué pasaría si en adelante los planeaba y ajustaba a su proyecto?

Semanas después, en la casa de la plaza España y sin dejar de ser vecino discreto y padre cariñoso, tenía emplazada la que sería la más demencial y truculenta cámara de horrores: frascos, cadenas, cuchillos, sierras y una mesa de disecciones junto a un escritorio.

En una prendería compró una máquina de escribir Olivetti, un estéreo y unos binóculos. Se hizo también a instrumental quirúrgico y a varios uniformes de enfermero; fue al matadero que surtía la fama de Lorenza, estudió cómo se desollaba y destazaba una res y definió los oficios del que sería su ritual, aunque fijándose criterios.

En primer lugar, no buscaría a sus víctimas. De ser así, terminaría despellejando a la humanidad hispanohablante —proyecto que se le antojó maravilloso: ¿sería posible? Un mundo de pocos en que se hablara a la perfección el español sería ni más ni menos un Olimpo—. Pero no, por ahora su misión debía ser modesta, más bien asunto del destino, los corregidos debían tener alguna oportunidad.

Además, no todo malhablado lo irritaba y, por lo tanto, estaba a salvo. Por ejemplo, alguien que cometía errores, si lo hacía en voz baja, era inofensivo. En cambio, cuando la gente alzaba la voz queriendo destacarse, el error restallaba en el oído y se hacía imperdonable. Así pues, fuera de los niños, solo podrían estar libres de castigo las personas que: a) hablaran a la perfección; b) hablaran en voz baja, y c) cometieran errores ya expiados con una víctima anterior.

VIII

El furor para su primer asesinato organizado se encendió un viernes por la tarde. Entró en una cafetería del Terraza Pasteur, pidió un tinto y desplegó el periódico. Saltó enseguida porque, según cierto periodista, "el *occiso fue ultimado* de un tiro en la *cabeza a quemarropa*". Miguel Rufino se preguntó si la víctima llevaba turbante, caso en que se justificaba usar tal complemento, y luego, en lo que fue una sentencia, subrayó con tinta roja el desatino y el nombre del autor a quien imaginó con un turbante en llamas.

Justo entonces y cerca de su mesa, una pareja comentaba la película que venían de ver, y el hombre, con gafas de sol en la cabeza y complexión de culturista, luego de que la mujer señalara una secuencia, dijo:

—¡*Uy, sí, gordis*! ¡*Total*! ¡Esa fue la *ecsena* que a mí más me gustó!

Tres noches después, en una calle del barrio La Española, con el capó de su Cherokee abierto y la intermitencia de las luces de parqueo, Miguel Rufino simulaba estar varado frente a la casa del sujeto. Tras un felino seguimiento, supo que Cleóbulo de la Concha era guarda de seguridad de un casino, fungía de *stripper* en el bar Apolo y trataba muy mal a las tías. "¡Pero dice '*ecsena*'!", se repetía el lingüista con dientes apretados y un obstinado movimiento de negación con la cabeza.

Cuando lo vio llegar, le salió al paso, le habló de la avería y le pidió que le sostuviera la linterna. El hombre flexionó el cuerpo en pose defensiva, pero ante lo insignificante del necesitado, se relajó y aceptó prestarle ayuda. Tan pronto se inclinó sobre el motor, Miguel Rufino lo cegó con gas pimienta, le inyectó un somnífero, lo metió en el asiento trasero y, tras verificar que no hubiera testigos, dio marcha feliz porque su táctica predatoria resultó impecable con aquel maestro en defensa personal.

Horas más tarde, Cleóbulo de la Concha yacía desnudo, amordazado y atado con correas a la mesa, mientras Miguel Rufino, doblado sobre el escritorio y extasiado en la música de Alonso Mudarra, revisaba borradores que apilaba entre la Olivetti y una resma de papel.

Cuando recobró el conocimiento, Cleóbulo vio al vestido de enfermero y lo halló tan cómico que quiso soltar una carcajada, pero al sentir correas y mordaza, se agitó y gruñó rabiosamente.

Indiferente, el gramático dejó pasar casi una hora. Puso un vinilo de Gaspar Sanz, se apartó del escritorio y rodeó la mesa fascinado por los ojos de su presa, unos ojos de terror que, al bruñirse de súplica, le alzaron chispas en el vientre y la erección más férrea de su vida.

—Don Cleóbulo —le dijo abriendo los ojos a modo de reclamo—, usted dijo *"ecsena"*.

El hombre se agitó, pero luego se paralizó al ver que su captor le pasaba la fría punta de un cuchillo de matarife sobre el pecho.

—Usted dijo *"ecsena"*, don Cleóbulo. Cuando la forma verdadera, justa y bella es "escena".

La punta del cuchillo simuló escribir las letras en el vientre tembloroso.

—Se dice *"escena"*, don Cleóbulo. Y usted va a recordarlo.

El hombre movió la cabeza afirmativamente.

—Va a recordarlo por el resto de su vida; por los próximos sesenta segundos.

El hombre lloró de horror

—Uno, dos, tres... —comenzó a contar el asesino, mostrándole el segundero despiadado de su reloj de pulso.

—... once, doce, trece... *es... ce... na...*

Cuando el segundero señaló el minuto, Miguel Rufino hundió el cuchillo en el ombligo de su víctima y trazó con fuerza un surco profundo y en línea recta hasta el mentón. La piel del abdomen cedió a un borbotón de sangre y dejó ver membranas palpitantes. Con la mirada fija en los ojos de agonía, el criminal metió su mano derecha a la altura del cuello, esculcó con dedos ágiles y arrancó la lengua, que brilló como una serpiente herida cuando la puso a contraluz. Al instante, se bajó la bragueta y se frotó el miembro con un frenesí malévolo hasta arrojar su escupitajo.

—*¡Escena!* —rugió entre espasmos y jadeos.

Sin pérdida de tiempo, se ajustó los pantalones, se lavó las manos en un balde, se secó con una toalla y, aún con el uniforme ensangrentado, se sentó a escribir la introducción con tal ímpetu, que al paso de tres días, bañado y vestido de paño, repasaba las diez páginas, señalando con un lápiz alguna imperfección, mientras cerca de sus pies, en el piso recién lavado con creolina, reposaban las bolsas acuosas en que empacó su primer desmembramiento.

IX

De vuelta en La Perseverancia, el tremendo esfuerzo lo postró bajo los cuidados y la angustia de su cuñada Brígida. Una íntima fiebre lo calcinaba y en los instantes que conciliaba el sueño, recreaba la sangría y despertaba amortajado en los vapores de la culpa. Se juró que jamás volvería a lastimar a nadie, imaginó su confesión ante un sacerdote, ante la prensa, ante un fiscal. Pensó en suicidarse, pero bajo aquellos lapos de autorrecriminación se le aparecieron, luminosas, las diez primeras páginas de su magnífica obra. Entonces se puso en pie, regresó a la casa de la plaza España, tomó las hojas y leyó con fervor la introducción.

Según aquellas notas, el 22 de abril de 1616 fue el último día en que el castellano había alcanzado su máximo esplendor. A partir de entonces, la lengua de Cervantes había comenzado su nefasto deterioro con las aberraciones fonéticas y gramaticales que habían ido apareciendo en la comunidad hispanohablante y cuyo inventario quedaría consignado en siete tomos, el primero de los cuales iría desde 1616 hasta 1700.

Tras la erudita introducción, el primer capítulo reseñaba las palabras y giros que habían aparecido en España, en las islas Filipinas, en las colonias africanas y en los virreinatos de México, Nueva Granada, Perú y Río de la Plata infectando la diamantina perfección gramatical y lexicográfica con que fue narrado *El ingenioso hidalgo don Quijote de La Mancha*.

Luego de señalar la degeneración de palabras como *facer*, *coxer*, *caveola* y *apoteca*, durante el periodo comprendido entre 1616 y 1637, aparecían esbozadas otras expresiones que habían corrido similar suerte en Sevilla, Manila, México, Cartagena, Lima y Buenos Aires.

Al final, con los ojos anegados, Miguel Rufino Bello sintió un enorme alivio, el hálito de una divinidad que lo traslucía y, luego de una noche de éxtasis en fase de aura, amaneció fortalecido para encarar de nuevo, como una fiera hambrienta y sigilosa, su fatídica fase de venteo.

X

Un año después, treinta y siete víctimas tenían aquel tomo relativo al siglo XVII cerca de las doscientas páginas. Eran los trazos incipientes de su monumental tarea, pero tenía tiempo, talento y disciplina para realizarla. Como el mejor predador, se había superado en las artes de la acechanza, la simulación y el mimetismo y hecho tan inmune a las terribles resacas del comienzo, que la jabonosa pestilencia de un cuerpo desmembrado lo enviaba sin remordimientos en busca de una nueva corrección.

Su casa tuvo cambios. Forró las paredes de dos habitaciones con un contrabando de libros auspiciado desde la Hacienda Yerbabuena; colgó en la sala principal un retrato de Miguel de Cervantes Saavedra para que tutelara su trabajo y tapizó los corredores con los recortes de prensa que hablaban de sus asesinatos y sobre los que pegaba papelitos con el error fatal de la respectiva víctima.

Aparte de darle impulso y agudeza, el exterminio lo hacía cada vez más exquisito: adosó a las paredes estanterías del piso al techo y las abarrotó de frascos de salsa de tomate en los que conservó en formol las lenguas arrancadas; pasó a usar velas de cebo cuya luz, al refractarse en los frascos, le daba día y noche atmósfera ambarina, y cambió la Olivetti por una pluma de ganso que, con la sangre de las víctimas, hacía de la escritura una delicia. Era simple: los crímenes a la lengua debían escribirse con la sangre y la caligrafía que los expiara.

Su aspecto mudó drásticamente. Se dejó crecer chivera y mostacho que, a decir verdad, obtenían distinción con su creciente colección de trajes copiados de la tuna de la Universidad Javeriana, indumentos que incluían malla negra, escarpines de gamuza, gregüescos con cuchilladas y gorgueras de abundante y níveo lienzo, unas veces en pliegues y otras alechugado.

Se los confeccionaba un sastre del barrio Castilla que, a propósito, acabó en su mesa de correcciones, luego del infortunio de cobrar una suma extra.

—¡Cómo que por qué! —le dijo—. ¡Pues por el trabajo de *aplanchar* ese montón de pliegues!

Entre tanto, en La Perseverancia, sus hijos, Brígida y Lorenza seguían dándole cariño y devoción, pues les había dicho, citando casos como los de Dionisio el Tracio, Varrón, Donato, Palemón y Prisciliano, que si bien no les daría nada en vida, trabajaba para cubrirlos de gloria aun cuando estuviera convertido en polvo.

Sin saber de qué diablos hablaba, pero conmovida por aquella promesa de sacrificio, Lorenza lo colmaba de mimos y le preparaba platos con las mejores piezas que llegaban a la fama, de modo que los domingos Miguel Rufino comía cocidos de pata, sancochos de costilla, sopas de pajarilla y, por supuesto, lengua en salsa.

—¡Y se me toma ese caldo de criadillas! —decía la mujer—. Mire que si no se alimenta bien, tanto libro le va a dañar *las vistas*.

Ante frases como esta, Miguel Rufino sentía en las entrañas la dentellada de la furia y apretaba los cubiertos imaginando a la mujer en su mesa de correcciones, pero terminaba de comer y antes de ir a ver televisión con Dámaso y Pelayo, le acariciaba la cabeza y le pellizcaba tiernamente las mejillas, susurrando:

—Haga usted caso, señora: no condimente tanto la comida.

XI

Dos años más tarde, y luego de una bien planeada gira nacional —con audaces incursiones en Ecuador y Venezuela— de la que obtuvo cuarenta y tres víctimas que llevaron a la mitad el primer tomo, Miguel Rufino Bello hizo un alto para revisar la orientación de su trabajo.

Por entonces, había perfeccionado y enriquecido su inventario de tácticas predatorias, había hecho internacional la geografía de sus intereses correctivos, había ganado precisión quirúrgica en el deslenguamiento de sus víctimas y había logrado apropiarse del estilo y la caligrafía cervantinos.

Adelantaba su trabajo con una tranquilidad de conciencia sustentada en un razonamiento: existía una íntima relación entre la ley gramatical y la ley ciudadana, de suerte que al tiempo de legar a la humanidad una obra de valor incalculable, le estaba haciendo el mejor servicio cívico al país.

Entendía, en efecto, que nuestro caos institucional y social se debía al irrespeto a la lengua. Era elemental: quien omite una tilde, se pasa con descaro un semáforo en rojo; quien desatiende una coma, desatiende también sus deudas, y quien desestima la concordancia de tiempo o de número, es capaz de cometer cualquier delito.

Tal lógica lo llevó a reconsiderar el perfil de sus víctimas. En realidad, corregir a la clientela de los café internet era empresa francamente inútil, porque a la semana había otro ejército de necios enturbiando el español con palabras del inglés y emoticones asquerosos.

Corregirle una redundancia a una vendedora, un metaplasmo a un guardia de seguridad, un gerundio de posterioridad a un futbolista o una anfibología a una encargada de servicio al cliente eran actos similares al perdón: divinos pero vanos.

Debía, pues, buscar el error en sus raíces, en los ámbitos que por desgreño en el uso de la lengua habían hecho del país el crisol de las tinieblas, así que dirigió su talento hacia los medios, pues comprendía que eran los principales divulgadores del error: cada vez que músicos, actores, periodistas y presentadores cometían un disparate, autorizaban a millones de personas a que lo siguieran cometiendo. Ahí estaba el origen del mal, pero él sería inflexible.

XII

Un viernes por la noche, Oriana Caicedo dijo durante su informe que los paramilitares *"entraron a* Domingodó *alineando y decapitando* a diecisiete campesinos"*.

*"¡Error! —pensó Miguel Rufino, que tenía a Pelayo en sus rodillas mientras miraba el noticiero—. ¡Se dice *'entrar en'*! ¡Y usó no uno, sino dos gerundios de posterioridad!"*.

Días después, la desgraciada Oriana estaba en su mesa de correcciones escuchando que la forma debida era: *"Los paramilitares entraron en Domingodó y luego alinearon y decapitaron a diecisiete campesinos"*.

—No lo olvidará —le ordenó con ojos muy abiertos y con la punta del puñal sobre el vientre tembloroso.

—¡No! —dijo la mujer antes de lanzar su último grito.

Casi un mes después, el columnista Tulio Santos Prisco escribió que el Gobierno "debe levantarse de la mesa de negociación si la guerrilla sigue *plagiando* niños".

—¿Plagiar? —se preguntó el gramático.

Pasadas treinta horas, el columnista sufría el ardor del ají chile en sus testículos antes de ser descuartizado.

Miguel Rufino no se reponía del esfuerzo, cuando vio que Lola Zárate decía en una entrevista que odiaba "a los *paparazzis*, porque siempre que estoy con alguien, me *cogen in fraganti*".

—¡Fotógrafos! ¡Me sorprenden! ¡En flagrancia! —rugió el psicópata, y tres días más tarde, con un embudo, vertía ácido sulfúrico en la boca de la actriz.

Los desgraciados Hansel y Tito tuvieron el nada envidiable honor de que con ellos se estrenaran la sierra eléctrica y otros artefactos, luego de que el gramático les aclarara que la forma correcta es "*como tu mente maquina*" y no "como tu mente *maquinea*".

Pero Miguel Rufino Bello estaba llamado a ser un asesino en serie fuera de ídem, y el rapto, violación y desmembramiento del senador Francisco "Pachito" Abdalá Valencia-Uribe no solo le probó que era posible elevar las correcciones —entre sus habituales desaguisados, el parlamentario había usado en televisión las expresiones "*eje central*", "*erario público*" y "*comicios electorales*"—, sino que, además, lo lanzó a las constelaciones metafísicas de su tarea justiciera

XIII

Iluminado por las inspiradas reflexiones de Angelus Silesius, llegó a la conclusión de que Babel no fue más que el resultado de los vicios cometidos por los hombres en la lengua de Dios. Aquella segunda caída había sido el resultado de que nadie hiciera respetar las leyes de la gramática divina, de modo que el protoindoeuropeo, el indoeuropeo, el sánscrito, el griego y el latín no eran más que la degeneración de la lengua prístina. A su vez, el castellano de Cervantes era la conjunción de aquellas lenguas y, por lo tanto, recuperarlo era detener el descenso a los infiernos.

Con seguridad, una vez tal lengua se hablara a la perfección, sería posible remontarnos de nuevo al latín, al griego, al sánscrito, al indoeuropeo, al protoindoeuropeo y así sucesivamente hasta llegar a los comienzos. Se trataba, pues, de un viaje de regreso en la lengua hacia la lengua de Dios. Una vez allí, hablaríamos con él, le suplicaríamos perdón y, libres de blasfemia, volveríamos al paraíso. De lo contrario, cada nuevo día de contaminación nos acercaría a la destrucción definitiva, al divorcio irreversible entre la humanidad y su creador.

Había que atender los signos. Para empezar, si Colombia era la nación más afligida de la Tierra, era porque el castellano tenía aquí su mayor grado de fermentación, su máxima fragmentación, su mayor estado de impureza. Quizá como en ningún otro país del mundo, la lengua había sido infectada por el inglés, el francés, el italiano, el portugués; por tonos del alemán, por las decenas de idiomas indígenas y africanos y por los neologismos obligados de las nuevas tecnologías.

Cada una de tales intervenciones eran ramalazos que nos alejaban de las voces del siglo XVII y, por ende, de la lengua usada *in illo tempore*. La devastación de nuestra nación obedecía, pues, a la devastación del castellano y, por lo tanto, sería nuestra patria la primera del planeta que, por alejarse de Dios, vería la aparición de la Bestia, del Abadón que vendría a iniciar el Apocalipsis. No había duda: de Colombia, Babel suramericana, Sodoma y Gomorra del castellano, emergería el 666 que extinguiría el universo.

Fiel a las *Revelaciones* y gracias a las víctimas que con profusión le proveen las redes sociales, los medios de comunicación, los líderes de todas las iglesias, los paladines del lenguaje inclusivo y el reguetón, la bachata y la champeta, Miguel Rufino Bello acaba de poner punto final a su primer tomo de quinientas páginas, correspondiente al siglo XVII.

Ha vuelto, empero, a cuestionarse: de nada vale corregir a los cantantes, periodistas, *youtubers* e *influencers*, si no se corrige a quienes dirigen el país con sus galimatías y dislates. Por lo tanto, en su lista de pendientes tiene al presidente, a cinco expresidentes, a 268 parlamentarios y a 315 funcionarios con quienes piensa obtener inspiración para escribir el segundo tomo, acerca del siglo XVIII.

Figuran, igualmente, el embajador y 86 asesores del gobierno de los Estados Unidos que, por su pésimo acento, le permitirán concluir el tercer tomo, relativo al siglo XIX.

Debido a que los siglos XX y XXI han sido los de mayores mutaciones en la lengua de Cervantes, dedicará a ellos cuatro tomos: el cuarto y el quinto, que piensa escribir bajo las musas que le traerán alcaldes, gobernadores, líderes gremiales y comandantes guerrilleros, y el sexto y el último, cuya tinta obtendrá de los yerros de militares, paramilitares y narcotraficantes.

Vaya uno a saber el destino del proyecto, aunque es de suponer que cualquier interrupción no será por la acción de la justicia, casos se han visto. Más aún: habrá quienes, pese a no sentir curiosidad por los asuntos del lenguaje, esperarán con avidez la primera edición de la obra con todos sus tomos forrados en piel, marcados en oro y —será un honor— con autógrafo y dedicatoria.

La transcripción de la agonía

—Un gran pie humano de oro en campo de azur;
el pie aplasta una serpiente rampante,
cuyas garras se hunden en el talón.
—¿Y el lema?
—Nadie me ofende impunemente.
Edgar Allan Poe

I

Pese a no cruzarnos por más de trece años, jamás olvidé a Luis Azuero. Siempre estuve al tanto de su vida, siempre tuvo en ácido la mía, así que aquella noche de septiembre, llegó el tiempo de dar castigo a sus ofensas. Al celebrar que fuese yo su nuevo director, el Instituto Nacional de Oncología ofreció un coctel al que fueron invitados no solo eminencias extranjeras, sino también figuras del más diverso entorno: académicos, políticos, periodistas, empresarios. Azuero estaba aparte de los invitados, en una esquina del bufet, aferrado a un vaso de whisky, observando a las mujeres, comiendo con avidez y embolsillándose trufas y magdalenas, mientras aguardaba a uno de mis subalternos, un funcionario que no quería dejar a las celebridades y ministros que me rodeaban para darme sus respetos.

No podía ser de otra manera. En un mundo en que las burlas a la muerte nos sitúan sobre el común de los humanos; allí donde imperan la asepsia y la blancura, allí donde se habla en claves crípticas y las manos son dignas de esculpirse, un remedo de galán, un figurante repulsivo, un payaso pestilente era Luis Azuero. Desde mi círculo podía ver sus greñas mantecosas; los ojos brotados y de un nerviosismo delator; los dientes manchados de marihuana y nicotina; el suéter cuello de tortuga donde el sudor sobre el sudor teñía de negro el negro; las uñas agudas, amarillas y mugrosas; el jean que de sucio bien podría tenerse en pie; los tenis cuya sola vista producía arcadas, y el abrigo que a metros hedía a muchas cosas y que en vez de aire bohemio, le daba otro de indigencia. Casi necesito microscopio para verlo; sin exageración, era un bacilo: tan letal como pequeño.

Hacia las once, cuando me despedía y mi subalterno le permitió acercarse, me saludó con un balbuceo glucoso, una reverencia estrafalaria y una mano vacilante que por supuesto le dejé en suspenso.

—¿Está usted bien? —le pregunté fingiendo alarma.

Hubo miradas hacia él, hacia mí, hacia él; burla en medias risas. Azuero nos miró aturdido, sonrió, se abochornó, se quitó hojaldre de los labios y al final, explicó que se hallaba en perfecto estado.

—¡Con tanto virus, uno ya no sabe! —dije con asco.

El subalterno ardió en rubor, carraspeó y, entre la vergüenza y el temor, me dijo:

—Es el músico del que le hablé, doctor. Para la unidad de pediatría.

—¡Ah, la propuesta! —dije llevándome a la frente mi larga y blanca mano—. Pero, entienda usted, no es este el momento.

II

Aunque Lucía Guillén y yo cursábamos último año cuando nos prometimos, ya lo nuestro tenía sentido místico, el aura de un apostolado, el de un amor capaz de hacer chispas del agua en su ímpetu de dar vida a la vida.

Disfrutábamos la vista de la ciudad al occidente, desde el apartamento que le escogió la madre, le obsequió el padre y le embelleció un tío, genio en diseño de interiores, que tenía su residencia y clientes en Milán.

Adorábamos los domingos por la tarde, cuando ella se calaba sus gafas y, provista de un bolígrafo, se sentaba casi desnuda en la hamaca a mecerse, impulsándose con un pie, mientras leía absorta para sus asignaturas.

Yo, que había pasado la mañana gozándola y que me tomaba la cocina para prepararle una delicia con la cual volver a encenderle los sentidos, veía su silueta contra el atardecer resplandeciente y me sentía el más hermoso, fuerte y puro de los hombres.

Tal escena era la metáfora perfecta: nos casaríamos luego de graduarnos, viajaríamos a especializarnos y, con la riqueza y el poder de su familia,

buscaríamos que la Unicef acogiera mi genial inicia-
tiva: mi programa de salud para la primera infancia.

Anualmente, más de once millones de niños
mueren en América Latina antes de cumplir los cinco
años; cerca de ocho millones, por males de fácil tratamiento —desnutrición, sarampión, malaria, diarrea y
neumonía— y que ocurren en zonas donde las familias no tienen las condiciones para prevenirlos ni la
atención debida para impedir que sean fatales.

Mi respuesta: formar 50.000 brigadistas para que
dieran atención pediátrica básica en el continente,
de modo que si cada uno atendía diez casos al mes,
en tan solo un año se evitaría la muerte de al menos
seis millones de niños; ¡seis millones! Casi dos tercios
de la población de París, casi dos veces la población de
Berlín, un poco menos del total de Londres.

Luego de las clases, de las prácticas y de trabajar
en el estudio para dar soporte a la propuesta, Lucía
Guillén y yo íbamos a un club de jazz adonde una
noche llegó a cantar Azuero. Acaso también fuera
alto y apuesto y llamase la atención por los dragones
tatuados en sus brazos, pero le faltaba voz y su guitarra acústica le era tan mezquina que parecía prestada.
Intentaba un repertorio con piezas de B.B. King, Bill
Withers, Magic Slim y John Lee Hooker con que lograba ocultar que era un engaño y que lo admirable
en él no era más que el reflejo de alegrías ajenas.

Noches más tarde, fue a nuestra mesa y, mos-
trándose afligido por la muerte de la madre, logró
saber por qué en las miradas que Lucía y yo cruzá-
bamos había también piedad. Poco faltó para que se

prosternara: nos llamó genios, misioneros, revolucionarios; nos comparó con Fleming, con los Cori, con los Curie.

—El secreto —dijo— es el mejor antídoto contra la envidia.

A partir de entonces, se hizo cómplice del plan, buscador en bibliotecas y archivos oficiales, guía de visitas a barrios marginales, e incluso hubo noches en que tras celebrar algún dato propicio, lo llevamos ebrio a la ruinosa casa donde tenía su habitación.

Ain't no sunshine when she's gone
Only darkness every day
Ain't no sunshine when she's gone
And this house just ain't no home
Anytime she goes away

III

Cuando tuvimos que cumplir con nuestra práctica, Lucía se quedó de residente en el hospital infantil, en el pabellón de quemados. Yo elegí un puesto de salud en Cacarica, en el Tapón del Darién, cerca de la frontera con Panamá, en la orilla occidental del río Atrato.

En teoría, atendería a una menesterosa consulta de indios, negros y colonos que vivían de la explotación del bosque y que eran explotados por compañías extractoras de banano y de madera.

En realidad, llegué a freírme en uno de los territorios más exuberantes del planeta, pero con la peor diversidad de fuerzas en conflicto y, ya entonces, famoso por masacres como las de Turbo, las de Carepa, las de Apartadó y las de Chigorodó, municipios donde la muerte se hacía adicta a jugar con motosierra.

Seis meses después, comencé a repetir dos sueños: en el uno, veía a Lucía rodeada de niños; de pronto, tomaba en brazos uno, lo mimaba y exhibía, a lo que los demás comenzaban a llorar, a gritar y a derretirse como si fuesen de cera expuestos a un fuego invisible.

En el otro sueño, me veía en un laberinto a cielo abierto, una casa devorada por el sol y la maleza, huyendo de dos descomunales cocodrilos de piel negra y lustrosa que al instante de alcanzarme, se detenían, cerraban sus fauces, daban vuelta y se zambullían en un caudaloso río de sangre.

Al principio, pensé que tales pesadillas eran causadas por las tempestades y los combates en mi zona de servicio; pronto vi que la súbita frialdad y la dolorosa brevedad de los mensajes de mi prometida eran el presagio de mi espantosa guerra íntima.

Al pabellón de quemados había llegado Azuero con una tropa de titiriteros dizque para alegría de los niños; Lucía Guillén se enterneció con los gestos del farsante, se entusiasmó con las notas del falaz y no tuvo escrúpulos en incinerar nuestros proyectos.

—Esa doctora está loca por él —me dijo un informante.

Aun ardiendo en celos, pensé llamarla, escribirle y regresar para decirle que más que mi orgullo, había millones de vidas que salvar y que si no lo hacíamos con nuestra boda, bien podríamos pensar en otro acuerdo.

Me detuvieron varios hechos: mi agonía por la confianza apuñalada, los destrozos en soldados y civiles, el frenesí del quirófano asfixiante, la euforia de poder salvar vidas, la impotencia ante las dentelladas de la guerra.

No volví a dormir. Al caer en mi camastro, la belleza deliciosa de Lucía, la dulzura de sus jugos y el ardor de sus gestos cedidos al deseo de otro me infectaban las vísceras con las furias más sucias del Atrato.

A la vez, la imagen de Azuero en lo que fueran mis dominios me hundía en una fascinación de esquizofrenia: al explicarme por qué ella lo elegía, sentía una cáustica mezcla de dolor y amor, cuyo bálsamo era la decisión de hacerle lo que aquí tan bien se hace: torturarlo, desmembrarlo vivo y arrojarlo al excusado en trozos muy pequeños.

Incubé, pues, un miedo espantoso hacia el reposo, hacia el silencio, hacia toda ocasión que desatara el vértigo de aquella insania, por demás, adictiva, extenuante, cancerígena.

Busqué refugio en los somníferos; dormía, pero mi bisturí se hacía borroso. Recurrí a la cocaína; mi bisturí resplandecía, pero las noches se volvían eternas.

Resolví esnifar y pasar mis vigilias en la galería de los enfermos, pero me vi atendiendo ya no heridas físicas, sino del alma.

Entonces vislumbré el modo de salvarme: me dediqué a escuchar desgracias y pronto supe que el dolor ajeno era antídoto del mío, que mi doble herida se cauterizaba con los horrores que padecían mis pacientes.

Una en especial: la mulata de apenas veinte años que en agonía por el cáncer, me confió que para no dejar a sus hijas con el padre, había optado por ahogarlas en las aguas del Atrato.

—¡Para que no fuera a *juagarse* el mugre en ellas!

IV

Cinco años después, Lucía Guillén fue a verme en el consultorio que emplacé en un bello edificio de El Retiro, en Bogotá. Para entonces, yo había practicado abortos, saqueado dispensarios y volado ahíto de bolsas de heroína en aras de alcanzar mi título en oncología. Para entonces, ella había obtenido el suyo en pediatría, ejercido más bien poco y gozado de todo cuanto le permitía el linaje.

—¡Una asquerosa vida de promiscuidad, drogas y excesos! —se jactó.

Al término de su visita, se me acercó insinuante y quemándome el oído con su aliento, me dijo que no fuera hipócrita, que abriera mi mente y que lo superara de una vez por todas. Más que mi orgullo, había millones de vidas qué salvar, y ya que no quería casarme, bien podíamos pensar en otro acuerdo.

—Tomaste una decisión, querida —le susurré también—. Ahora vive con las consecuencias.

Seis años más tarde, fui a verla en Manhattan, en su apartamento del edificio Kenilworth. Por entonces, yo había rodeado el mundo, cosechado nuevos títulos y fraguado con políticos y diplomáticos otras rutas hacia la Unicef. Para aquel momento, ella había abandonado toda práctica, desposado a un funcionario insípido y aceptado morir de un cáncer de seno.

—¡No voy a darle mi pelo a la radioterapia! —alardeó desde su cama.

Enseguida y con un desafío en la mirada, dijo que tenía dientes perfectos, que jamás había tenido una fractura y que puesto que yo era un médico como los de antes —enfatizó *de antes*—, ella bien podría firmar consentimiento para que hirviera su cadáver y descarnara, limpiara y blanqueara su esqueleto.

—Y lo cuelgas en tu consultorio —dijo.

Yo me incliné sobre su lecho y quemándole el alma con mi aliento, aclaré que ni así podía expiarse un genocidio. Ella se estremeció, tosió y, también con un susurro, dijo lo que yo deseaba oír:

—Tal vez fui cruel. ¡Pero tú eres un monstruo!

V

No había pasado otro año, cuando un colega del Memorial Sloan-Ketterling, de Nueva York, me llamó para avisarme que el cuerpo de Lucía Guillén, la única mujer que habré de amar en la Tierra, yacía refrigerado en una morgue. Fue entonces cuando decidí contactar a Luis Azuero.

Por los días en que mi secretaria preparaba la lista de invitados al coctel en el Instituto Nacional de Oncología, deslicé el nombre del sujeto sabiendo que llevaba meses tras uno de mis subalternos para llegar a mí y ofrecerme su "Programa de entretenimiento para la unidad de pediatría".

Sumaba lustros con el mismo ardid, recorriendo las clínicas y los hospitales de la ciudad, a fin de ganarse algunos miles y, de paso, engatusar a cuanta oficinista, enfermera y médica se le pusiera a tiro.

Era la clase de artista que de artista no tiene más que la pose; el cobarde que tras una guitarra es capaz de cometer toda bajeza y huir de toda obligación; el figurín con quien todas quieren revolcarse, pero que ninguna toma en serio, y la que sí, acaba rabiosamente defraudada.

De hecho, a Lucía Guillén se le encendió el apellido y se le apagó el vientre cuando descubrió que su Jim Morrison cantaba en el transporte público, era llamado "el Musiquín" y huía de una enfermera a la que había embarazado.

Para la noche del coctel, sin talento, vocación o disciplina, Azuero seguía siendo el mismo fiasco: había tocado en seis bandas de rock, desechas todas por las causas de su unión: drogas, plata y *groupies*.

Tenía unas composiciones inéditas, un portafolio de acuarelas, estudios fallidos de actuación y apariciones como extra en telenovelas.

En cuanto a vida familiar, aparte de la hija con la enfermera, tenía un par de niños flacos y una esposa exhausta y resentida porque debía dictar clases en tres colegios no solo para mantener la casa, sino para evitar un desalojo.

Lo más apremiante, sin embargo, era la nueva demanda por alimentos que lo tenía camino de la cárcel.

Por todo aquello, la noche de septiembre que por fin le permití acercarse, ya sabía yo lo que significaba para él que le dijera:

—Prefiero atenderlo el jueves, a las siete, en mi oficina.

Luego del coctel, llegué a mi casa a repasar por vez enésima la escena del castigo, las palabras que tenía para decirle.

Aunque hacía tiempo gozaba prestigio de eminencia, ingresos respetables y un piso magnífico, los tajos recibidos en el Darién se reflejaban en el hecho de que no poseía cama para dormir ni para amar.

En mi espacioso *loft*, tenía una copia de la silla Mackintosh de 1903, en la que me sentaba desde la media noche, rígido y semidesnudo, a esperar la llegada de la aurora.

Siempre miraba a la pared que tenía enfrente, lo que induciría a que algún observador me creyera hipnotizado o inmerso en un problema filosófico o en un riguroso ejercicio de meditación.

Hasta el funeral de Lucía Guillén, empero, mi fijación era la anatomía humana, las diez zonas del cuerpo donde el dolor suplica el alivio de la muerte: los oídos, las tetillas, el colon, la lengua, el cráneo, las sienes, las cordales, los testículos, la espina dorsal y los tendones del talón.

Desde luego, si pensaba en el dolor que puede infligirse en tales zonas, era porque en ellas me dolía hasta lo inenarrable una traición y sus secuelas.

También por vez enésima, me pregunté si debía encarar a Luis Azuero. Después de todo, era posible que su papel hubiera sido incidental, que Lucía Guillén hubiera elegido a otro, que el infiel hubiera sido yo.

Si la decisión de una mujer y mi avidez de venganza habían causado aquel desastre, sería suficiente con que ella hubiera sufrido su dolor y yo estuviera padeciendo el mío.

Pero existía el hecho irrebatible de que él aprovechó mi ausencia y traicionó una amistad sin imaginar que su infamia provocaría una catástrofe similar a la destrucción del mundo cuando, digamos, un ignorante encuentra el modo de suprimir la A del alfabeto.

VI

El jueves, llegó puntual a mi oficina. Pese a esperar dos horas, entró con una sonrisa dudosa, se sentó en el borde de la silla y me extendió con mano débil la versión impresa de la propuesta que expuso entre carraspeos y falsetes.

Me había reconocido; pero bien porque creyera que yo a él no, o porque fuera la efigie del cinismo, o porque lo intimidara mi poder, o porque despreciara lo ocurrido con Lucía, o porque sus necesidades lo obligaban a humillarse o por la mezcla de algunas o todas estas circunstancias, no se refirió al pasado ni preguntó por ella.

Afortunadamente.

Era jueves y los arreglos que yo había hecho para emplazar la escena en que había de despedazarlo aún no se concretaban. Entonces, no sé si recordé o tuve la epifanía, la iluminación para decirle:

—¡Lástima!

Su programa de entretenimiento para la unidad de pediatría merecía atención, pero yo tenía otros intereses. Buscaba a alguien para cubrir cierta plaza que tal vez le interesara: ganaría diez veces más lo que pedía por su propuesta, pero debía comprometerse por al menos doce meses, firmar un pacto de confidencialidad y hallarse disponible para empezar cuanto antes.

—¡Lo estoy! —exclamó—. ¿De qué se trata?

Era una investigación en curso sobre cuidado paliativo. Desde la diez de la noche hasta las cuatro de la madrugada, debía escuchar y registrar en una grabadora la letanía de algunos pacientes terminales, entre el momento en que la morfina deja de surtir efecto y el momento en que se les aplica la siguiente dosis. Eran lapsos que podían durar de dos a cuatro horas, en los cuales, más que dialogar, se trataba de dar pie a que los enfermos hablaran de cómo vivían su situación. Luego, entre las cuatro y las ocho de la mañana, transcribiría fielmente las grabaciones y me entregaría una memoria con los textos y los audios en un sobre sellado.

—¿Solo eso? —preguntó.

—Solo eso —dije.

VII

Al finalizar marzo, el transcriptor lucía el pelo corto y más grasa abdominal. Se había ocupado de seis septuagenarios, pero la indiferencia al asistir a los decesos hacía obscena la euforia con que recibía su sueldo en efectivo. Pagar las cuentas de la casa, subordinar a la mujer y atender los gastos de sus dos hijos y la cuota alimentaria de su hija menor —de la mayor jamás quiso saber— le hacían sentir un orgullo ignoto y asumir con entusiasmo su labor.

—Tenemos un problema —le dije una mañana.

—¿Qué pasó, doctor? —preguntó empalideciendo.

El sábado anterior, dos pacientes habían muerto y, puesto que era su día de descanso, se había perdido preciosa información. Por lo tanto, si deseaba continuar, desde luego, con un debido aumento, tendría que trabajar los fines de semana.

Al principio, Azuero lamentó sacrificar a su familia, pero ante la ventajosa suma, continuó el trabajo con tal avidez, que al concluir mayo, aún permanecía inmune a las desgracias y muerte de otros tres ancianos.

A mediados de julio, y para felicidad de su mujer e hijos, había comprado una camioneta que con pesar solo podía disfrutar por las tardes, hasta la hora en que debía ir a atender su turno. Volví a citarlo en mi oficina:

—Azuero —le dije—, hay complicaciones.

—¿Qué clase de complicaciones, doctor? —preguntó lívido.

La semana anterior, un paciente había muerto un mediodía y otros dos en horas de la tarde, justo cuando él estaba fuera. En fin, si deseaba seguir con el programa, por supuesto, con otro aumento suculento, tendría que permanecer noche y día con nosotros.

Azuero volvió a lamentar no ver a su familia, pero el acuerdo de que podía ir a su casa los tres últimos días de cada mes, le impulsó a seguir en la cruzada esta vez con tal esmero, que al finalizar agosto, ya mostraba pesadumbre.

A mediados de octubre, con un préstamo obtenido por la esposa, había comprado una casa y la había equipado en una escandalosa ebriedad de consumo. En medio de su euforia, volví a citarlo en mi oficina:

—Voy a prescindir de sus servicios —le dije.

—¡No puede ser, doctor! —palideció de horror—. ¿Qué hice mal?

O no tomaba en serio la investigación o no sabía qué era transcribir. Su trabajo era deficiente, incompleto, no transcribía ni la mitad de lo que decían los pacientes y ponía en riesgo la investigación. Casi implorante, Azuero juró que lo había transcrito todo, como bien podía yo verificar en las grabaciones.

—¡Falso! —dije pasando varios audios—. Escuche: este paciente llora. Mire la transcripción, ¿dice algo al respecto? No, ¿verdad? Este otro paciente gime de dolor, ¿lo anotó usted? No. Y este otro paciente dice: "¡Dios mío, apiádate de mí!". ¿Lo copió usted? ¡Tampoco!

—Pero doctor…

—¡Nada, Azuero! ¡Usted debe ser un médium! El paciente llora, usted transcribe el llanto; el paciente gime, usted transcribe ese gemido; el paciente clama, usted transcribe ese clamor. ¡Todo, Azuero! ¡Absolutamente todo! Una lágrima, un suspiro, una exhalación, un simple ay debe ser transcrito. ¡Ah! Y nada de símiles, nada de retórica. ¿He sido claro?

—Sí, doctor.

—¿He sido claro?

—Muy claro, doctor.

Con tales precisiones, le ordené atender el nuevo caso. Verónica Restrepo era una niña de trece años a quien la leucemia daba fin. Brillante y dulce, la muchachita diluyó la pasmosa impavidez del transcriptor, a quien en adelante el alba sorprendió llorando al plasmar en el papel la angustia de tan prematura cita con la muerte.

Una mañana volví a llamarlo:

—En este informe dice: "Pobre niña". ¿Por qué "Pobre niña", Azuero? No se le paga por sus opiniones. ¿Ha oído usted hablar del rigor, de la objetividad científica? ¿Acaso cree que importa lo que piensa? ¡Pues no! Son los sentimientos, las impresiones, los impulsos del paciente, ¿me entendió?

—Sí, doctor. Perfectamente...

Una tarde, sin embargo, cuando la condición de la jovencita empeoraba, Azuero la sacó del hospital para llevarla a un parque. Por la noche, la niña agonizó sonriente y murió tranquila. Los padres de Verónica no tuvieron una reacción de odio, sino de gratitud, pero por el tono de las transcripciones, vi que Azuero masticaba amaneceres de amargura.

VIII

Al llegar diciembre, tuvo que enfrentar el drama de Nina Lozano, quien luego de una dedicación de ocho años, logró culminar una novela de seiscientas páginas. Cuando llevó el manuscrito, el editor aseguró publicarlo siempre y cuando lo redujera a la mitad, tarea en la que Nina quiso empeñarse, solo que entonces se le diagnosticó un cáncer gástrico y ya no tuvo la ilusión ni la fuerza para concluirla.

Conmovido por aquella ironía, Azuero le juró que la obra sería editada y dedicó los días a servirle de amanuense en una desesperada pugna contra el papel. Pero Nina murió un martes y el transcriptor no supo cómo intervenir el manuscrito que para colmo, sus hijos arrojaron por error, impidiéndole cumplir el juramento a quien lo había nombrado garante de su inmortalidad.

A comienzos de febrero, padecía la encrucijada de desatender la hipoteca de su nueva casa o seguir con el trabajo, agravado ahora por precipitar la muerte de una niña y faltar a una promesa. ¿Deprimido? Yo era el único que lo sabía. Primero, porque ya casi ni hablaba con su esposa. Segundo, porque en los turnos de la noche, una actitud sombría y unos gestos mesurados son la norma en la unidad de pacientes terminales, y, tercero, porque como una de las condiciones era actuar con sigilo, no podía confiarle a nadie su amargura, ni divulgar el asfixiante malestar por el que deseaba entrar en mi oficina con su renuncia. Era lo último que podía hacer, pues jamás se privaría del fajo que cada mes cobraba y por el que estuvo listo para transcribir el nuevo caso.

IX

Virginia Duncan era una muchacha de diecinueve años tan bella que su desahucio hacía abjurar de Dios. Al cabo de tres madrugadas, Luis Azuero sucumbió a su magia y acabó dolorosamente enamorado. Como ella, a su vez, tuvo quien la oyera, también se enamoró con una insania fustigada por el inevitable adiós.

Ya no por las trascripciones, sino por la propia Virginia, supe que él fue su primer hombre, cosa que también fue para él un embrujo. Al principio, cuando descansaba en su casa, el transcriptor rogaba el paso de las horas para regresar al hospital, pero al ver a Virginia, al gozarla, renegaba porque cada día era un palmo más cerca del final.

Entonces me pidió —y yo le autoricé— estar con ella día y noche en un área restringida para la que contraté nuevos empleados. Durante octubre, vivieron juntos, pero a medida que ella languidecía, más perfecta se le revelaba, de suerte que él, en su desesperación, llegó a decirme una mañana:

—No haré más transcripciones.

—¿Ah, sí? —dije mirándolo de arriba abajo—. En ese caso, no podrá verla.

Fue así como Azuero vivió la agonía de una muchacha a la que amaba, teniendo que registrar esa misma agonía cada amanecer. Llegada la hora de sentarse a transcribir, el esfuerzo de lograr la mayor exactitud lo obligaba a bucear en la tragedia, a sumergirse en el dolor ajeno hasta encarnarlo, hasta hacerlo suyo, aunque con la desgracia de sumarlo a su propio e implacable sufrimiento.

Una tarde, intentó llevársela, pero mi gente actuó con eficacia. Entonces me rogó que no lo apartara en instantes tan cruciales, y yo acepté que viviera el drama de ver cómo la joven perdía sus cabellos, cómo apagaba sus ojos, cómo revelaba sus huesos debajo de una piel siniestra y cómo languidecía su aliento, igual que el perfume de una rosa en agonía.

Anoche, hacia las once, Virginia Duncan murió. Y mientras llevaban su cadáver a la morgue, Luis Azuero se deshacía en lágrimas. Entonces, llegué hasta él, puse mi larga mano en su hombro como si fuera un padre, un padre ausente, por supuesto, es decir, el más temible de los enemigos. Él miró mi gesto grave a la espera de alguna palabra compasiva y de la orden de irse a descansar. Yo sonreí ante su dolor:

—¿Y la transcripción, Azuero?

X

Esta mañana, al entrar en mi oficina, ya la tristeza había desvanecido su impulso de matarme. Dejó el informe en mi escritorio y como sacando su último vestigio de furor, me miró diciéndome.

—Ya sé por qué estoy aquí.

Yo, que me aprestaba a ir a la embajada suiza donde me reuniría con una delegación de la Unicef, me quité la bata y me vestí el saco diciéndole:

—Ah, ¿lo sabe? Dígame por qué.

—Por lo que pasó hace años —dijo.

—Ah, ella... —exclamé yendo hacia la ventana.

—¡Sí! —dijo febril—. ¡Todo esto es por Lucía! ¡Todo esto es por lo que pasó con ella!

—¿Sabe que no, Azuero? Se equivoca. Dígame, ¿sabe usted que anualmente, más de once millones de niños mueren en América Latina antes de cumplir los cinco años? ¿Recuerda que cerca de ocho millones mueren por enfermedades de fácil tratamiento como desnutrición, sarampión, malaria, diarrea y neumonía? ¿Sabe que la mayoría de tales muertes ocurren en zonas donde las familias no tienen las condiciones para prevenirlas ni la atención debida para impedir que sean fatales? ¡Claro que sí! ¡Una vez yo se lo dije! Usted sabe también que yo habría podido evitar la muerte de casi seis millones de niños, ¡seis millones! Casi dos tercios de la población de París, casi dos veces la población de Berlín, un poco menos del total de Londres. ¡Seis millones! Seis millones que en los últimos cinco años podrían ser algo así como treinta millones. ¡Treinta millones! ¡Treinta millones de muertes! Mire, Azuero: ¡Lo acuso a usted de un holocausto mayor al del exterminio judío durante el régimen nazi! ¡Lo acuso a usted de haber propiciado un número de víctimas similar al de toda la Segunda Guerra Mundial!

Luis Azuero me miró pasmado. Yo abrí la ventana, tomé aire y exhalé con vigor. Luego me volví hacia él:

—Usted tiene una hija ¿verdad? No. No me diga nada. Ya lo sé: usted la abandonó, nunca la reconoció, nunca hizo nada por ella. Apuesto que ni siquiera sabe que tiene cáncer.

Luis Azuero tosió. Yo me acerqué y le palmeé la espalda.

—Está aquí. Es su nuevo caso. Ah, y no lo olvide: la transcripción de la agonía debe ser perfecta. Cada palabra, cada queja, cada reproche, cada lágrima de su hija debe quedar grabada y transcrita. Claro que si no es capaz, puede salir por esa ventana… quiero decir, por esa puerta.

Luis Azuero me miró implorante, pero entonces yo sonreí, salí fingiendo prisa y lo dejé solo, muy solo en mi oficina. Dije a mi secretaria adiós con un gesto de mi mano, entré en el ascensor, oprimí el botón y me di a mirar cómo se iluminaban los números del descenso, desde el piso 12, 11, 10… El ascensor no se detuvo: 5, 4, 3, 2… Cuando salí del edificio al tráfico lluvioso, Luis Azuero acababa de estrellarse contra el pavimento. "¡Lástima!" —me dije—. "¡Qué lástima!", pensé ante la irrealidad del cuerpo que parecía de trapo, ante la obscenidad de la sangre reventada, ante el estupor de los transeúntes. En el frenesí de gritarle su condena, olvidé decirle que el esqueleto que ahora adornaba mi oficina era el de Lucía.

La cruzada del niño

Y me incliné hacia su cuello fresco, y no retrocedió, y yo le dije:
¿Por qué no tienes miedo de mí?
Y él dijo:
—¿Por qué habría de tener miedo de ti, hombre blanco?
Marcel Schwob

I

—Hay gente que se los hace al través, pero esas son las divas, las que solo quieren atención. Yo había estado averiguando y me los hice a lo largo, supongo que como se los hizo Séneca. De hecho, es lo que Séneca y yo tenemos en común: lo que no teníamos. No teníamos una bala para estallarnos la cabeza ni un sexto piso para reventarnos contra el mundo y decirles "¿Saben? Esta no es mi fiesta, ahí les dejo el charco, no vuelvan a invitarme". Por eso me hice los cortes a lo largo, así, mire, ¿ve las cicatrices? Cuarenta y siete puntos en el izquierdo, cuarenta y tres en el derecho. Fácil: usted coge la cuchilla, se la hunde bien adentro en la muñeca y raja el antebrazo siguiendo la arteria cubital, abriéndola en surco; uno ve la piel abrirse, como si fuera gelatina de la que sale el borbotón, que tiene que ser de sangre fría, porque enseguida hay que cambiar de mano para rajarse el otro brazo y no dar tiempo a que llegue la ambulancia.

—¿Por qué tomó esa decisión?

—No, yo no tomé esa decisión. Esa decisión ya había sido tomada, yo solo la corroboré. ¡Imagínese! Usted es Andrea, la niña de papá, la muñeca de mamá, de una madre que la acicala, le hace trenzas y mira cómo el pelo le luce más dorado; una madre que siempre está comprando sedas y cosiendo encajes y arandelas para vestir a la princesa. Y un momento después, le oye decir a su papá, a su propio padre, que no hay la tal niña, que la muñeca es de mentiras, que no existe la princesita esa, porque en realidad usted es un niño.

II

Catorce años. Fue un domingo, el último de agosto. La relación con Tomás venía mejorando. Sin duda por haber terminado el doctorado y porque lo nombraron de planta en la universidad, aunque luego supe que la clave fue el proceso. Hasta entonces, había trabajado como catedrático, ganaba poco y vivía en un inquilinato. Pero con el nombramiento, mejoraron sus ingresos, se pasó a vivir a El Virrey, a un apartamento amplio y elegante, y compró la Explorer. También seguramente porque apareció Verónica, otra alumna, aunque diferente: educada, linda, de mejor familia. Las otras daban miedo: sucias, putas y viciosas, gente loca. Verónica, en cambio, ni fumaba; le dio estabilidad, hizo que volviera a ser como era antes.

En su periodo oscuro, Tomás casi no nos daba plata, me llamaba los sábados, a veces cada quince días,
y rara vez me visitaba, dizque por la tesis. Cuando
Teresa enloquecía y amenazaba con demandarlo, se
aparecía el domingo con un par de billetes y ocultan-
do en chicles el olor a trago. Entonces me llevaba a
un parque, me decía que jugara con alguna niña y se
tendía a dormir, ahí mismo, en el pasto o en alguna
banca. Hacia las tres o cuatro de la tarde, íbamos al
inquilinato donde su pieza, fría y sin ventanas, era
el peor lugar para llevar a una niñita: botellas, ceniceros, brasieres, sábanas revueltas, libros y discos
regados, papel higiénico y toallas sucias. A veces olvidaba que había dejado a su amiga de la víspera y la
encontrábamos desnuda, sucia y ebria.

Como tenía la estufa en la misma pieza, con ollas
y baldes al lado de la cama, cocinaba arroz, fritaba
huevos y me los servía con pan y Coca-Cola. Ese era
el almuerzo. Ah, pero eso sí: todo el tiempo me decía que debía volver a vestirme como antes, no con
esos jeans y esos buzos anchos, y que una niña debía
sentarse bien, hablar con suavidad y tener delicadeza
en los modales. Casi siempre, ponía en la grabadora
compactos de Chaikovski, me describía el *Lago de los
cisnes* y decía que cuando tuviera plata iba a pagarme
clases de ballet. También sacaba un libro del Museo
Metropolitano de Nueva York, me contaba el mito
de Marsyas y me explicaba los cuadros de Sargent,
Rembrandt y Cézanne. Por la noche, al despedirnos,
se iba convencido de haber cumplido su deber, de haberme dado amor, valores y maneras. De hecho, me

pedía que le dijera a Teresa de qué obras y de qué autores habíamos hablado. Y sí, todo aquello me había impresionado, aunque no tan incisivamente como las babosas y sus brillantes rutas entre condones, papel higiénico, pitillos y restos de perico.

III

Por eso me alegró que lo nombraran y que se hubiera enamorado de Verónica. En teoría, alternaría con ambas los domingos, aunque cuando llegaba el mío, igual tenía que compartirlo. Me recogía a las nueve, llevábamos a lavar la Explorer, dejaba que la subiera al cárcamo, me permitía elegir la música y, en el supermercado, era yo quien escogía los víveres. Pero a las doce, volvía a relegarme: decía que teníamos que ir por Verónica y, al recogerla, yo tenía que pasarme atrás y almorzábamos lo que a ella se le antojara. Hacia las tres, íbamos al apartamento, ponía alguna película en el estar, me invitaba a que la disfrutara y, pretextando descansar o tratar algún asunto, se encerraba con su novia y no reaparecía hasta las ocho, para llevarnos a cada una a su casa.

Una verdadera niña quizás habría rivalizado por la atención del padre. Yo, en cambio, apenas quedaba sola, me recogía el pelo, me ponía jeans y un buzo, salía del edificio y me iba al parque donde una pandilla de muchachos me enseñaba los trucos del *skateboarding*. Eran las dos o tres horas más felices de mi vida. Antes de las siete, regresaba para lavarme la cara, componer mi aspecto y esperar a que Tomás y

Verónica salieran, simulando los tres que nos había-mos quedado dormidos, inmersos en alguna lectura o absortos en tal o cual película.

—Fue cuando conoció a Daniel Zaid…

(Risas).

—Sí. Diecisiete años, ojos glaucos y dientes per-fectos. La tentación de las niñas de El Virrey; pero absorto en los videojuegos y el *skate* no cruzaba pa-labra con ninguna. Luego me contó que al verme, algo en mí le hizo perder el equilibrio. Y sí, un rato después, me había cedido su tabla y convidaba a sus amigos a que me enseñaran *ollies, flips, shoves* y *spins*. Por la noche, le dolió cuando me fui, pero a los quin-ce días, volvió a girar feliz contra el cielo anaranjado.

Aquella vez golpeó a un chico por mí. Al rato de haberme ido, fueron a tomar refrescos y Daniel dijo que yo le parecía linda. El otro chico se burló y le preguntó si se había vuelto marica. "¿Cómo así, por qué?", le preguntó Daniel. "¡Pues porque esa nena es marimacho!", dijo el otro riéndose. Daniel le metió un par de puñetazos y le gritó que si volvía a decir algo de mí, la próxima pelea sería a navaja.

A las dos semanas, el único que apareció en el parque fue Daniel. Llegó vestido como siempre, ca-miseta, jeans y tenis, pero esta vez olía a loción y mascaba chicle. Me explicó que los demás estarían viendo fútbol, pero que él y yo podíamos ir a comer helados, mirar ropa e ir al multiplex a ver la de vam-piros. "Yo la invito", dijo.

Acepté con la condición de regresar antes de las siete e ir solamente al cine, pues quería ver la película.

Acababa de cumplir catorce años y mis padres aún me limitaban a ver programas infantiles. Iniciada la función, Daniel extendió un brazo y lo apoyó en el espaldar de mi silla. Luego, me rozó el hombro y como no le dije nada, se volvió hacia mí. Yo lo miré pensando que quizás había perdido algo y cuando vi que quería besarme, lo aparté con ambas manos. "¡Qué le pasa, *man*!". "Nada", dijo él. "¡Ah, bueno!", le grité. "Porque si piensa tener algo conmigo, está muy equivocado".

Más tarde fue a decirles a sus amigos que tenían razón, que yo era *arepera*. Aun así, me llamaba y me escribía diciendo que cuanto más se prohibía imaginarme, "más tiñes mis fantasías con el oro de tu pelo, con la piscina profunda de tus ojos y con el almíbar de cereza del que parece hecha tu lengua". ¡Todo un poeta! ¡Lástima que a las dos semanas le llegué con la cabeza rapada!

(Risas).

IV

—¿Alguna experiencia con muchachos antes de eso?

(Risas).

—¡Ah, claro! A pesar de las precauciones de mis padres y la disciplina de las monjas, ya sabía qué esperar. Desde hacía semanas, mis compañeras venían sumándose a la pubertad, y en los recreos de los lunes oía historias sobre mariposas en el vientre, rodillas temblorosas, gemidos de dolor y sábanas manchadas. Yo preguntaba toda clase de cosas y obtenía detalles que, más tarde en mi casa, al hacer tareas o al acostarme, me hacían arder las vísceras con un fuego muy confuso.

No tuve que esperar mucho para vivirlo. Un sábado por la tarde, en casa de Erika, a poco de comenzar una tarea, nos percatamos de que nos faltaban materiales. "Sigue bajando datos de internet", dijo ella. "Yo voy con mis papás al centro comercial". Casi enseguida, llegó su novio. No voy a decir el nombre, porque un momento después, estábamos solos en el cuarto de mi compañera. Ese muchacho era hermoso y ardía en deseos por mí, así que lo tumbé en la cama y me tendí sobre él a la caza del dolor y las lágrimas que me habían estado trastornando el sueño.

—¿Y cómo fue esa experiencia?

(Risas)

—¡Ah, no! ¡Tampoco a usted voy a decírselo! Nunca se lo he contado a nadie. De hecho, me aparté de los corrillos de los lunes y di a entender que el sexo me era indiferente, así que me consideraron mojigata, hasta que un escándalo las hizo coincidir con Daniel Zaid, quien a pesar de que yo era arepera, enloqueció con mi cráneo "dorado y perfecto" y enfrentó a Tomás el día que mi padre llegó, como siempre, a enmendar una estupidez con otra estupidez peor.

V

Aquel domingo, no quería que se le contradijera. Esperaba pasar la tarde igual que siempre, yaciendo al lado de su joven estudiante, pero Verónica arruinó el día con el anuncio de que estaba embarazada. Él la quería. Era hermosa y dulce, pero tenía veintidós años y, lo peor, era una alumna, así que perdería el puesto. Y ni hablar de matrimonio, pues recién divorciado de Teresa, de ninguna manera quería iniciar otra familia, así estuviera en condiciones de atender los costos de otra crianza. Vil en su cobardía, le preguntó a Verónica si estaba segura de que el hijo era de él. "¡Pues sí!", le gritó ella colérica. "¡A menos que tu verga sea prestada!".

Fue entonces cuando me hice el centro de atención. Mi padre le rogó que no se fuera. Me llevaría a mi casa y una vez volviera, hablarían tranquilamente para acordar la solución. Él ya sabía que no sería fácil convencerla de abortar. Verónica argüiría sus principios, alegaría que él era un hombre libre y que ambos podrían construir un hogar para aquel hijo. Él también diría que la amaba, pero cuando dijera que aquel matrimonio sería un disparate, estallaría la guerra, así que debía sacarme para que no atestiguara su vergüenza.

Eran las cuatro de la tarde cuando salió a buscarme, pero ni en la sala, ni en el estudio, ni en el estar había rastro de mí. Alarmado, tomó el citófono, le preguntó al portero y un momento después incineraba El Virrey con su frustración. ¿Por qué? ¿Con quién? ¿Con qué permiso? En el fondo, le atormentaba lo que yo pudiera hacer: estaba bien que me relacionara con muchachos, pues debía crecer como una niña; pero, en su homofobia, era tal su repulsión, tanto su asco, que no pudo contener su cólera cuando me vio realizar un *body varial*, maniobra que, vea usted, es también conocida como *Ollie Sex Change*, *Ollie cambio de sexo*.

Al escuchar que me llamaba, frené, pisé la tabla y la cogí con la punta de los dedos, airosa de que me hubieran salido perfectos aquellos trucos a su vista. Pero en cambio de felicitarme, me sujetó del brazo gritándome que aquellos no eran juegos para niñas. Humillada y tratando de zafarme, le dije que tampoco lo era quedarse a oír lo que él hacía con la novia, a lo que no halló qué más hacer que abofetearme. "¡Oiga, no le pegue!", le gritó Daniel Zaid. "¡Usted, no se meta, maricón", le gritó Tomás con rechinar de dientes, jalándome del brazo como si me llevara presa.

Luego, mientras me lavaba en el baño la mezcla de lágrimas y mocos, Verónica en la sala le preguntaba qué había sucedido, qué tenía de malo que yo hubiera salido, que estuviera jugando con hombres. Fue entonces cuando él vio en su desgracia la mejor justificación para evitar el hijo inoportuno. Apenas Verónica supiera lo ocurrido, entendería su dolor, por qué estaría proponiéndole un aborto. "Ven te cuento", le dijo llevándola a la habitación. Yo, que acababa de cerrar el grifo, alcancé a oír el cuchicheo, así que me asomé, vi que se habían encerrado y fui a la puerta donde escuché a mi padre que decía: "Andrea es un niño al que tuvimos que convertir en niña".

VI

—¿Le contó su padre ese mismo día lo sucedido?

—No. Ese día no hubo tiempo. Al oír aquella revelación, comencé a patear y a romperlo todo. Y cuando él salió y vi su horror, confirmé lo que decía y giré vertiginosamente en un túnel de concreto contra el que me golpeaba una y otra vez hasta perder el sentido. Un rato después, vi sobre mí sus rostros que emergían entre brumas. El de mi padre, blanqueado por el miedo; el de Verónica, enrojecido de sorpresa, casi de júbilo. "¿Estás mejor?", me preguntó él. Yo me incorporé aturdida, los miré a ambos con desprecio y yendo al baño, me volví para decirles: "¡Y más ahora al saber que soy un hombre!".

—Y entonces vino su primer intento de suicidio.

—El primero, sí. Aunque, según se mire, no fue ningún intento. Ese domingo, el último de agosto, Andrea murió aunque no sin dejarme su vagina. Y volvió a nacer Andrés que, sin pene, fue como si hubiera nacido zombi. Ni más ni menos, había *salido del sartén para caer al fuego*... El mismo despertar en la clínica psiquiátrica a ese interminable estado de náusea y repulsión por todo lo vivido, la explicación a por qué jamás me gustó que me vistieran como niña, por qué odiaba comportarme como niña, por qué siempre me sentí tan desgraciada...

VII

Un viernes de enero, Teresa despidió a su esposo, recogió la loza del almuerzo y fue al lavaplatos de donde se apartó con una uña rota. Apagó la televisión y fue a ver al pequeño Andrés que al parecer acababa de despertarse de su siesta. Al entrar en el cuarto, tropezó con un balón de hule y regó sobre la colcha unas gotas del jugo de mora que llevaba en el pocillo. Cuando le daba el jugo al niño, vio la luz del sol que entraba en diagonal por la ventana haciendo más intenso el azul del cuarto que ella había decorado primorosamente.

Hacia las tres, estaban en el parque en frente de la casa. Mientras Andrés corría a su lado tras el balón de hule, ella, sentada en el césped, se limaba las uñas encandilada e intranquila. Aquel día, después de trabajar en colegios de secundaria, Tomás se estrenaba como catedrático, por lo que ella lo sorprendería con una cena. Debía, pues, arreglarse las uñas, porque en el instante de rozar las copas, tendría manos hermosas para aplaudir la hazaña del esposo.

Sentía una apremiante necesidad de ser deseable. Tenía apenas treinta años, figura precisa y una belleza olorosa a frutas, pero la decisión de renunciar a su carrera de administradora para una maternidad a tiempo completo estaba pasándole factura a su autoestima. El nuevo trabajo de Tomás comportaba serias amenazas. Una cosa era ser prefecto de disciplina en un colegio de varones; otra muy distinta, profesor en una facultad de lenguas donde habría muchachas alocadas que sin duda iban a atraerlo. Tomás tenía genes nórdicos y llamaba la atención con su estatura, su barba rubia y esos ojos azules que luego de seis años de andar juntos la seguían deslumbrando. Y al imaginar que él podría serle infiel, un grito aterrador la hizo levantarse.

Aturdida por la luz, buscó en derredor al niño. A tres metros de ella, yacía él, muy cerca de un hombre que sujetaba un pitbull de dientes con brillo de puñal. Teresa se llevó las manos a la cabeza y de un salto alcanzó al pequeño. "¿Lo mordió?", "¡No fue mi culpa!", dijo el hombre lívido maneando el perro. Teresa levantó a su hijito y sintió alivio al ver intactas sus extremidades. "¡Te asustó, mi vida!", dijo aliviada. "¡No fue nada!".

Pero Andrés no dejaba de gritar y estremecerse. El hombre, un vecino que exhibía dos serpientes tatuadas en la espalda, pateó al perro hasta arrancarle aullidos. Entre los gritos de su hijo, Teresa quiso decirle que si cuidara del animal, no tendría que castigarlo, pero al levantar el rostro, vio en los ojos del hombre el hielo del terror. Entonces se arrodilló, bajó el calzón del niño y vio el amasijo de sangre que le propinó un tajo en la garganta.

VIII

No supo cuándo llegó al hospital, no sabía qué tiempo llevaba el niño en cirugía. La tarde alzaba ascuas de infierno y la espera hacía crepitar los nervios. Tomás llegó sin saludarla, esquivó sus brazos y preguntó airado lo ocurrido. "¿Qué tan grave fue?". Había tenido que dejar su lección introductoria, cómo era posible que hubiera descuidado al niño y, frotándose la frente, volvía a andar en círculos.

Una cirujana trajo la respuesta —al quitarse el tapabocas, según diría Tomás, tenía las manos limpias; según Teresa, llevaba los guantes quirúrgicos ensangrentados—. Explicó que los genitales habían sido destruidos, que reconstruirlos era un imposible y que la faloplastia era aún ciencia ficción. Y tras decir un impersonal "lo siento", dio vuelta, aunque luego de unos pasos, se detuvo y regresó ante quienes esperaban el milagro. "Hay otra posibilidad", les dijo inexpresiva.

Días más tarde, en otro consultorio, en otro lugar de la ciudad, aseguró que por la edad del niño, con cirugía, hormonas y apoyo psicológico, la reasignación sexual sería viable. El sexo es una construcción social y con los cuidados adecuados, el niño podía crecer como una niña y ser feliz perfectamente. "A fin de cuentas —dijo—, la identidad de una persona no se funda en los datos biológicos del nacimiento, sino en la cultura y el ambiente en el que crece".

Por los tres años siguientes, Teresa y Tomás tuvieron la cohesión que suele dar un fin secreto. Diciendo que el niño había muerto, usaron el supuesto duelo para alejar familiares y amistades, y en sus explicaciones más absurdas, llegaron a inventar procesos de adopción.

Entre tanto, el niño, con rubíes en las orejas y vestido con encajes, era una primorosa niña; en la casa adonde se mudaron, su cuarto ya no era azul sino violeta, y ya no se le instaba a jugar con dinosaurios y carritos, sino con ollitas y muñecas.

Cuando llegó la hora de elegir colegio, la siniestra ternura de adornar a un niño mutilado asfixiaba a la pareja. Optaron por uno religioso convencidos de que una educación con monjas y en entorno femenino sería ideal para darle las ideas y actitudes de una señorita.

Meses después, había proporcionalidad directa: cuanto más frecuentes eran las quejas de las monjas por rebeldía, brusquedad y retraimiento de la niña, más intensas eran las recriminaciones de Tomás a su mujer por "tu superlativa estupidez y descuido imperdonable".

Cuando Andrea inició la secundaria, su trato era de extraños. Tomás se embarcó en un doctorado en el que las asignaturas eran infidelidad, disipación y deudas, mientras Teresa, deshecha por la culpa, los celos y la rabia, regresó a casa de la madre donde se tornó enjuta y gris.

IX

—¿Qué pensaba de todo eso? ¿Cómo veía lo que sucedía alrededor?

(Suspiro hondo).

—Era como vivir en un lugar donde hay en velación un muerto; como vivir en una casa de cristal que, por el gas que se respira, uno sabe que estallará en cualquier momento. Era una atmósfera densa y

fría en la que nadie hablaba ni reía, en la que se in-
halaba miedo, culpa y odio y en la que mis padres se
agredían con la mirada o entre cuchicheos que siempre interrumpían cuando yo volteaba a verlos.

Sin entender por qué, me sabía la causa de semejante asfixia; había hecho algo atroz que ignoraba
y por lo que inexorablemente me castigarían. Cada
día sentía lástima por ellos, me dolía que estuvieran sufriendo por mi culpa, pero a la vez, temía que
enfurecieran de pronto y me hicieran daño. Cada
vez que me obsequiaban un vestido, una muñeca o
una golosina, les veía la tristeza de quien asiste a un
condenado a muerte, y, entonces, en vez de gusto,
experimentaba un pavor que me hacía temblar y ori-
narme encima.

También era frecuente la sensación de que al
llamarme por ni nombre, vestirme o darme algo,
trataban a otra persona. Era como si estuvieran pei-
nando, vistiendo y jugando con alguien que estaba
muerto y como si yo, en el lugar del muerto, estuviera desesperada por gritarles que ese alguien no era
yo, que yo estaba viva, que me miraran a mí, que me
hablaran a mí.

¡Y ni qué decir de la manera como me peinaban,
arreglaban y vestían! Siempre me sentí a disgusto,
como si me obligaran a mantenerme disfrazada, con
la desagradable sensación de lucir las cosas de otra,
como si llevara los vestidos, zapatos y accesorios de
otra.

El colegio, aunque opresivo, ofrecía algunas fu-
gas. Sabía que no era del gusto de las monjas, que

de continuo me observaban y para quienes, a medida que crecía, resultaba más abominable.

Entre mis compañeras había unas —las lindas, las dulces, las delicaditas— que me odiaban por ser rara y a esas las golpeaba y entonces iban a poner la queja; pero había otras —las feas, las gordas, las depresivas, las bulímicas— que me buscaban para hacer tareas y hablar de libros y del sabor a alcantarilla que tiene la existencia. Fue con estas que, buscando cómo herir las venas, vimos en internet que la cuchilla debe surcar la cubital.

X

—¿Cómo llega usted a la pubertad?

(Suspiro hondo).

—Cuando mis amigas veían a sus padres separarse, vomitaban, engordaban, consumían drogas, se retraían o se tornaban agresivas. En mi caso, la partida de Tomás tuvo otros efectos. El principal fue que hubo partición de males: Teresa conservó toda la culpa y la mitad del miedo; Tomás se llevó la otra mitad junto con sus 69.000 voltios de odio.

Así que cuando pensé que me derrumbaría según el libreto de mis compañeras, ocurrió todo lo contrario: a mis doce años, no extrañaba en lo más mínimo a mi padre, no me hacía falta en absoluto y en cambio me sentía más a gusto con Teresa, más cercana como no me había sentido nunca.

Ella, a su vez, no sé si por el dolor de la separación, por la distensión de verse sola o por consejos de mi abuela, fue menos minuciosa en las rutinas y más tolerante con mis gustos, a tal punto que cuando no estaba en el colegio, podía yo recogerme el pelo y vestirme con buzos y pantalones anchos en los que me sentía más cómoda.

Era por esto que cuando me llevaba al inquilinato donde tenía su pieza, Tomás insistía en que debía volver a vestirme como antes, que una niña debía sentarse bien, hablar con suavidad y tener delicadeza en los modales.

Y también fue por esto que me alegró que se hubiera mudado a El Virrey y enamorado de Verónica, porque así yo quedaba sola para ir al parque donde, compartiéndome su tabla, Daniel Zaid hacía de mí la adolescente más dichosa de la Tierra. ¿O del cielo?

(Risas).

Cuando estuve en séptimo, varios eventos exacerbaron la convicción de que algo extraordinario sucedía conmigo. A mis amigas les aparecían senos, a mí no; a ellas les llegaba la regla, a mí no; a ellas les gustaban los muchachos, a mí definitivamente no. En los bolsos de las demás había coloretes, perfumes y esquelas; en el mío, barajas, videojuegos y láminas del mundial de fútbol; y mientras ellas, en su premura por ser mujeres, se hacían las uñas, usaban cremas suavizantes y se aplicaban masajes en el pelo, yo no tenía reparos en raparme la cabeza y lucir los moretones que me dejaba el *skate* cuando fallaba un *one-eighty*, un *imposible*, un *three-sixty* o una baranda.

Alertados por las monjas, Tomás y Teresa enfrentaron una nueva disyuntiva: cambiarme a un colegio mixto convendría para disimular tales actitudes, pero no para ceñirme al comportamiento de una señorita. Dejarme con las monjas me aseguraría una educación de señorita, pero a costa de aislarme o verme mal rodeada. Prefirieron lo último, aunque esta vez acertaron sin saberlo.

XI

—Sor Inés María de Roux…

(Suspiro hondo).

—Sor Inés María de Roux…

(Risas)

Una novicia de gestos tan exquisitos y belleza tan perturbadora que solo cuando se movía sabía uno que era humana. Al ver que unas niñas se burlaban de mí y que otras eran mala influencia, se consagró a inculcarme aprecio por la poesía. Aún veo la pasión con que dulcemente leía para mí estas líneas de Louÿs:

(Entrecerrando los ojos)

Vivías para derramar la alegría bienhechora.
Jamás ha habido más dulce fruta que tu boca,
Ni luz más clara que tus ojos.
Tu piel era una gloriosa vestidura que no querías velar,
Y sobre la cual flotaba la voluptuosidad como un olor perpetuo.

Días más tarde, mientras yo descubría lo que sería una fuerte vocación, mi novicia se estremecía al advertir que en la suya había una doble vulnerabilidad. Una tarde de mayo, tras ensayar una pieza para el día de la madre, quedamos últimas en el teatro ocupadas en dejar en orden la utilería. Justo cuando intentaba guardar unos vestidos, perdí el equilibrio y caí dentro de un baúl enorme. "¡Ven!", le dije entre risas y tules de colores. "¡Ayúdame a salir!". Ella se inclinó, pero en vez de darme ayuda, se dejó caer adentro.

Al salir, nuestros besos y caricias nos habían hecho devotas. Desde entonces, nos amamos en cuanto rincón del colegio nos fue propicio, haciendo de nuestros ardores una necesidad que por las noches nos estremecía con fiebres diferentes.

Sor Inés María padecía la duda de privarse de mí, su *"ángel de cráneo dorado"*, me escribió, *"ojos de cielo y boca de bebé"* o seguir cometiendo el pecado de deleitarse con una carne que para colmo creía femenina. Yo, en cambio, no sentía remordimientos, irradiaba felicidad y hacía votos porque nada me arrebatara mi dulce amor de hábitos grises.

Fue por eso que *"un agosto luminoso le dio tersura, perfume y tinte de orquídea a tus mejillas"*; fue por eso que cuando Daniel Zaid quiso besarme, lo rechacé con asco y fue también por eso que cuando escuché a mi padre que yo era un niño "al que tuvimos que convertir en niña", fui por la cuchilla para rajarme las arterias cubitales.

XII

De la unidad de cuidados intensivos, pasé a la clínica psiquiátrica y de allí a casa de la abuela, donde Teresa no cesaba de clamar perdón. La verdad había sido otra dentellada, pues descubrir a los catorce años que uno es otra cosa, que además no puede ser del todo, es un vuelo directo a *Schizophrenia Land*. ¿Quién era? ¿Qué era? Había vivido como mujer, pero sin sentir como mujer; ahora que vivía como hombre, no podía relacionarme como hombre...

—¿Cómo fue el reencuentro con Tomás?

(Suspiro hondo).

Cuando fue a verme a la clínica, le dije que la próxima vez, él no iba a estar para enmendar su crimen. Hace unos días le pregunté qué lo llevó a firmarle a la cirujana el consentimiento para mi reasignación. Su respuesta, muy propia de cierto tipo de intelectuales: que Teresa insistía en que en vez de dejarme crecer sin pene, era preferible convertirme en mujer; y que si bien en Norteamérica, el científico John Money había conducido un experimento similar y con los mismos resultados, su descalificación venía siempre de ultraconservadores adversos a todo lo que oliera a ideología de género.

—¿Qué lo llevó a disolver sobres de litio en veneno para ratas?

—¡Yuck!

—...

—En el infierno que fue mi recuperación, vi que lo único amable en mi vida se llamaba Inés María de Roux. Luego de pensarlo una y otra vez, la llamé al colegio donde me dijeron que había dejado los hábitos.

No fue fácil encontrarla. Al principio, evocar a mi novicia desataba mi salvaje amor de macho, pero pronto volví a hundirme en la desesperación: después de todo, Inés María de Roux era lesbiana, me había amado cuando yo era mujer, y aparecérmele ahora como hombre seguro le causaría aversión. ¿Remedio? aprovechar los descuidos de Teresa y de la abuela.

Meses después, cuando por fin pude contactarla, Inés María de Roux me contó que esperaba un hijo. Entonces pensé que quizás ella era bisexual, y aunque con esto tenía la oportunidad de que me amara, encontré insoportable imaginar la perfección de mi ex novicia estremecida por el placer que jamás yo podría darle como hombre.

—Tercer intento de suicidio...

— Tercer intento de suicidio, esta vez arrojándome desde un sexto piso.

XIII

Esta tarde, la casa de Teusaquillo, en la que sigue viviendo con su abuela y con Teresa, resplandece como un tulipán por la luz de las cinco de la tarde. Casi diez años después de aquel agosto luminoso, Andrés ha logrado sobreponerse a su tragedia y está próximo a graduarse en la universidad.

He venido hasta la sala de su casa en busca de autorización para publicar estas notas, y él, sentado en un sillón como un príncipe ante su retrato, lee rápido burlándose no sé si de mí, del texto o de sí mismo. Al final, pone las hojas sobre una mesa, enciende un cigarrillo y dice:

—Cambió los nombres. Será el único cambio que me guste.

—¿Y? —le pregunto mirando los papeles.

—Publíquelo así.

Tiene veinticuatro años y aunque en su rostro nada delata sus tres apuestas a la muerte, en su expresión hay un algo trágico y a la vez divino. Al mencionárselo, me cuenta de la ansiedad en que lo tiene el productor de cierto canal internacional tras proponerle un trato insólito: por una cifra con sartal de ceros, tendría sexo con un hombre; luego se sometería a una reconstrucción de pene y después tendría sexo con una mujer, todo para finalmente decir al mundo quién, el hombre o la mujer, obtiene mayor goce.

—Tiresias y la controversia entre Hera y Zeus.

—Legitimaría el crimen que se cometió conmigo.

Andrés sabe que hoy una relación con un hombre sería homosexual. Aunque al recordar que cuando era adolescente estuvo con el novio de Erika, vuelvo a preguntarle por aquella tarde. Él responde otra vez con picardía:

—Los caballeros no tenemos memoria.

—¿Y qué hay de la reconstrucción?

—No tengo la plata y no sé si funcione.

Tras darle vueltas a su historia, de interrogar a sus padres y de hacerle preguntas al pasado, hemos llegado a una conclusión: violaron sus derechos. Jamás le preguntaron, nunca le dieron ocasión de expresar su parecer y por eso hoy cree que es víctima de una conspiración.

—Quisieron forzarme a ser mujer.

Razón no le falta. Durante meses, entrevisté a las personas que de una u otra forma tuvieron que ver con su tragedia. Sin embargo, nunca se podrá llegar al fondo de las motivaciones científicas, éticas y culturales que aquella tarde de enero concluyeron en semejante crimen, porque de la muy diligente cirujana, como del pitbull, no se sabe nada.

Lutero en Cartagena

Se le ha declarado la neurosis de la tesis [...]
llega a un estado de gran dispersión, utiliza
la tesis como excusa para muchas bajezas;
este no se doctorará nunca.
Umberto Eco

I

Al terminar su tesis de maestría, Manuel Zuleta vivió eventos que lo llevaron a cruzar el umbral de la insania. Nueve o tal vez cinco meses antes, su PC había sido arrojado de casa, por cuanto perdía todo tiempo de reposo. Noches, domingos y festivos eran absorbidos por el trabajo, pues teniendo a disposición el equipo y el deber perentorio de graduarse, no resistía la compulsión de sentarse a escribir, de modo que su apartamento llegó a ser una oficina que no permitía más descanso que las horas en que salía a dictar su clase en la universidad.

Vivía una vida sin vivirla: no tenía casa; más bien, una oficina que además, con la prohibición a Lucrecia de alterar su desorden, mantenía contaminada por la actividad sin pausa: arrumes, cartapacios, ceniceros repletos de colillas, muebles azotados por el polvo y borradores no solo debajo de las almohadas, sino en

91

el horno y en el congelador. Había ocasiones en que al entrar en la ducha, encontraba alguna hoja y se ponía a corregir estilo y sentido, de suerte que al cabo salía a la calle con la satisfacción del algún giro lúcido, pero con el inconveniente de ir vestido de forma deplorable.

Igual ocurría con otros actos cotidianos. Inmerso en sus escritos, olvidaba la cafetera eléctrica en el fogón y solo lo recordaba al descifrar lo que habían estado haciendo los bomberos en su casa. La vida afectiva era una ruina; Lucrecia no solo se quejaba de su indiferencia, sino que llegó a amenazarlo con buscarse un amante; pero a la sazón estaba él tan abstraído que halló la idea plausible, lo cual desató una protesta cuyo encono le permitió advertir que, en efecto, la armonía conyugal venía siendo alterada de manera temeraria.

II

Fue con la amenaza de una demanda por abandono de hogar como empezó a trabajar a hurtadillas en su equipo de la universidad; pero entonces, la oficina se convirtió en su casa. El problema no eran los compañeros, sino Lucy, la secretaria, y las profesoras que se irritaban cuando en las mañanas llegaban perfumadas y encontraban el espacio de trabajo convertido en una cámara de gases en la que flotaban humo de cigarrillo y olores de un cuerpo que en la noche había estado pariendo párrafos fragantes a hipótesis, objetivos y metodologías.

No era para menos. Su tesis, *Lutero en Cartagena* pretendía demostrar que nuestro subdesarrollo no es una condición inferior del desarrollo, sino su reverso: mientras que en la metrópoli, la eficiencia es cada vez más barata, en los países pobres, la precariedad es inmensamente costosa. En fin... Pese a la queja recurrente de que intoxicaba la oficina, Zuleta logró imponer allí su presencia en las noches hasta cuando se anunció la mudanza del apacible edificio Duque a las nuevas instalaciones donde, según el decano, los miembros de la facultad tendrían merecida comodidad.

Cierta política de infortunio en materia de salud social había dado al traste con el funcionamiento y llevado al cierre inapelable del Instituto Neuropsiquiátrico. La universidad, de la que dependía, ordenó el desmantelamiento de las instalaciones clínicas y la adecuación en oficinas y aulas. Durante la remodelación, Zuleta fue varias veces a curiosear la que sería la nueve sede y aunque el aspecto lóbrego del que fuera centro de tratamiento de enfermedades mentales le produjo desasosiego, tuvo optimismo para imaginar que una vez el espacio fuera recubierto por los paneles de las nuevas oficinas, no quedaría sombra de aquella mórbida devastación. En efecto, seis meses más tarde, los pisos primero al cuarto lucían el mobiliario propio de una obra de reingeniería, había un grato aroma a pintura fresca y los largos pasillos ofrecían la novedad de un mullido y bien cortado paquete.

Las más satisfechas eran Lucy y las profesoras que se aprestaban a disfrutar lo que llamaban un "ambiente sano", no solo por la prohibición que se impartió de fumar, sino porque en aquel edificio, la afición de Zuleta por trabajar en las noches bien pronto hallaría las circunstancias que le pondrían término.

Pese al silencio cómplice de las mujeres, le bastó una breve encuesta entre los celadores, las auxiliares de la cafetería y los obreros que aún restauraban los pisos quinto al séptimo para enterarse de que en aquella edificación, un hálito siniestro sobrevivía a los dolorosos hechos que habían tenido lugar en los más de treinta años de existencia del Neuropsiquiátrico.

Una visita al sótano pareció corroborar aquellas leyendas, pues aún se encontraban allí las neveras de esmalte amarillento de lo que antaño fuera la morgue y las salas de disección y los laboratorios donde se examinaban los restos de los cadáveres. Se trataba, en realidad, de un laberinto malsano, herrumbroso, oscuro y enrarecido por la humedad y ciertos hedores pútridos que procedían de celdas tenebrosas y bodegas atiborradas de muebles, trastos y equipos entre cuya oxidada inutilidad se advertía el movimiento electrizante de las ratas y otras repulsivas sabandijas.

Sin duda, era aquella atmósfera lo que contribuía a nutrir los relatos que circulaban sobre eventos terroríficos. Se hablaba de gemidos a la media noche, de sombras súbitas, de arrastre de cadenas y de apariciones de seres horrendos y mujeres sin cabeza. Zuleta optó por el humor. Con sus indumentarias, los estudiantes eran seres horrendos, y, en cuanto a lo de mujeres sin cabeza, algunas estudiantes ofrecían ejemplo cotidiano. Además, no otra cosa podía hacer, pues para entonces estaba a escasas líneas del final de su tesis y con o sin fantasmas tendría que pasar allí las noches para terminarla.

III

A la semana del traslado, Zuleta tenía la espalda deshecha. Desde las seis de la tarde, hora en que se iban sus compañeros, hasta las once y treinta, trabajaba sin tregua y a un ritmo alucinado con la decisión de marcharse un poco antes de las doce. Pero el frenesí por su argumentación y el afán por concluirla lo retenían sin que pudiera evitarlo, de modo que entre la media noche y las tres de la madrugada, sin bien escribía con inspiración, giraba la cabeza a cada instante para ver si detrás había algo aterrador por lo cual tuviera que salir despavorido.

Bastaba con que una polilla tocara las lámparas, que el viento entornara alguna puerta o que algún objeto cayera de su lugar para que un flúor de terror fracturara sus huesos y sus cabellos se elevaran de su cráneo como ascuas de hielo. Pero no bien estimaba que todo estaba en orden, se sumergía otra vez en sus líneas hasta que un nuevo imprevisto volvía a ponerle el espinazo contra el techo. Apenas marcaban las cuatro, lograba serenarse y de ahí hasta las seis de la mañana tecleaba con la misma alegre intensidad de la víspera.

Cuando finalmente tomaba la decisión de marcharse, bajaba por el ascensor al primer piso y pasaba con una sonrisa de orgullo ante el celador que abría la puerta de vidrio con los ojos desorbitados ante la temeridad de que él pasara la noche en unas áreas adonde ningún valor asomaría a nadie más.

Por la tarde, al volver a la oficina, fingía salidas y veladas con Lucrecia y reía en secreto ante los comentarios acerca de los hechos que, se decía, habían estremecido la quietud y por cuyo terror nadie quería ir a custodiar el edificio. Al principio, Zuleta creyó que eran habladurías, pero cuando notó que siempre había un celador distinto, supo que al margen de la causa, no había ninguno que estuviera allí más de una noche.

Una tarde resolvió que antes de ir a su casa, interrogaría al celador sobre si tenía motivos para no repetir el turno. Fue aquella la más estéril de sus jornadas, pues pasó la noche con los sentidos atentos a lo que pudiera herir el silencio para anticiparse a toda versión. No terminó de brillar el nuevo día, cuando bajó seguro de que hallaría al celador impasible ante la ausencia de novedades: lo encontró afuera del edificio, frente a la fachada, temblando de horror. Apenas vio a Zuleta, se acercó a la cerradura haciendo tintinear las llaves, abrió la puerta y aunque lo saludó con fascinación, no logró derrotar el miedo que lo mantuvo mudo. Horas más tarde, se supo que el hombre había tenido una crisis y que se hallaba bajo cuidado médico en estado de conmoción.

IV

A partir de entonces, las jornadas se hicieron intranquilas, demasiado intranquilas para Manuel Zuleta. Que entorno suyo ocurrieran quién sabe qué horrendas apariciones sin que él las advirtiera, le suscitaba una desazón próxima al escalofrío ya no por las noches sino durante los días, cuando circulaban los rumores sobre los gemidos, los lamentos, los gritos, las cadenas y las visiones que, se decía, eran cada vez más aterradoras. Claro que hubo madrugadas en que al reflejarse en las ventanas que ofrecían la panorámica de la ciudad o en los vidrios que lo separaban del pasillo y del módulo de Lucy, tuvo la intuición de que quizás el fantasma era él. ¡Qué más hubiera querido! Pero de ser así, se habría librado de vivir la más espeluznante de las experiencias...

Tuvo lugar la noche en que terminaba el último capítulo de su tesis. Entre las seis de la tarde y las doce de la noche, la jornada fue fructífera y se hallaba a escasas líneas del párrafo final, el del cierre, el definitivo, cuando escuchó que afuera de la oficina, en el pasillo o en el módulo de Lucy había una diligente actividad. Erizado de horror, Zuleta permaneció inmóvil durante varios minutos hasta que pudo tranquilizarse con la idea de que quizás investigadores de otro departamento se habían quedado a adelantar trabajo.

Recobrado el ánimo, se levantó de su puesto, fue a la puerta y salió al pasillo donde quedó atravesado por los alfileres de hielo de lo que se ofrecía a su visión. Estaba en un piso en el Neuropsiquiátrico tal y como era el hospital antes de que fuera cerrado y remodelado y con un largo corredor en perspectiva cuyo recorrido le permitió mirar el interior de las habitaciones. En una, un médico se inclinaba sobre una cama para examinar a una paciente de mirada vacía; en otra, un sujeto observaba las convulsiones de un interno de cráneo rasurado; en otra, dos jóvenes visitaban a una anciana de pucheros demacrados, y en otras tantas se sucedían escenas con enfermos tendidos, recostados o que trataban de ponerse de pie o de caminar con movimientos patéticos por la parálisis o por la pérdida de control motriz en algunos de sus órganos y miembros.

A medida que aquel hórrido mundo se iba abriendo ante sus ojos, el pánico le hacía temblar las piernas y el olor a enfermedad le impedía respirar. No fue hasta que advirtió que también él cubría su desnudez con la bata azul de los pacientes, que el pavor lo impulsó a caminar con rapidez para arrojarse espantando escaleras abajo en busca de salida. Entonces llegó al sótano, deambuló por otro pasillo interminable y entró en una sala de disecciones donde había varios cadáveres desnudos sobre mesas de baldosa. Pasó a otra sala y vio un cuerpo cubierto por una sábana que lo atrajo porque en el relieve que indicaba la frente, había un húmedo trazo de sangre que Zuleta estimó como la huella inobjetable de alguna trepanación.

De pronto, alguien lo tomó del brazo. Una enfermera lo jaló hacia el pasillo llevándolo con ella; lo metió en un ascensor y después lo introdujo en un consultorio donde se hallaba Lucrecia ante el doctor Méndez. El neurólogo le indicó a Zuleta sentarse junto a su mujer, miró la historia clínica que tenía sobre el escritorio, anotó algo en ella y les dijo que la reacción al tratamiento había sido satisfactoria y que, gracias a ciertos medicamentos, la disfunción cerebral iba siendo corregida. Tal disfunción —explicó— había llevado al paciente a comportar un cuadro patológico equivalente a la psicosis, por lo cual, aunque podía regresar al trabajo, debía continuar bajo control y evitar toda jornada excesiva.

Horas más tarde, Zuleta estaba de vuelta en casa, acostado y rodeado de silencio. Se sentía cómodo, aunque algo mareado. Lucrecia puso música de Debussy y, cuando sonó el teléfono, se apresuró a contestar antes del segundo timbre. Era el decano, que llamaba para decirle que se tomara el resto de la semana. Zuleta pidió el teléfono, dijo que se sentía perfectamente y que iría, si no a trabajar, al menos a reubicarse en el ambiente de la oficina. En efecto, luego de vencer la resistencia de Lucrecia, llegó al día siguiente a la universidad, aunque para su asombro una profesora, con quien se encontró en la entrada, lo llevó cortésmente a la antigua sede de la facultad, es decir, el edificio Duque donde estaba antes de la mudanza al Neuropsiquiátrico.

Fue sincera la alegría del decano y de sus compañeros al recibirlo. En su escritorio había mensajes de profesores y estudiantes que le daban la bienvenida tras dos semanas de reclusión en el hospital y durante las cuales —decían— habían extrañado su sentido del humor, su febril vocación y sus inofensivos defectos. Celebraron, además, el hecho de haberse librado de la incierta cirugía y al final, conscientes de su necesidad de reposo, se retiraron a sus labores y lo dejaron en su oficina donde todo permanecía según lo había dejado.

Manuel Zuleta encendió su PC, abrió el archivo de su tesis y la repasó hasta el capítulo —el penúltimo— en que la había interrumpido. Aunque aquella noche regresó temprano a su casa y con ligeros comentarios pudo tranquilizar a Lucrecia, una vez que se tendieron con la luz apagada, comenzó a repasar la investigación y a organizar en su mente el capítulo final, cuya estructura y contenido lo tuvieron despierto hasta el amanecer, obligándolo a fingir que salía de un dormir profundo cuando ella se levantó a preparar el desayuno.

Al medio día, volvió a la universidad, hizo alarde de su recuperación, colaboró con algunas tareas y, hacia las seis de la tarde, simuló salir rumbo a su casa, para lo cual fue con Lucy hasta la avenida.

—Imagino —dijo la secretaria— que nunca más volverás a abusar.

Según ella, el máximo laurel no merecía que él se empeñara en aquella manera de trabajar que, subrayó, además de merecerle reputación de neurótico, lo había tenido entre la insania y la muerte. Sin embargo, entre las bromas que le gastó antes de despedirse, le dijo que en caso de una recaída, ya no tendría dónde pudiera ser tratado.

—El Neuropsiquiátrico entró en crisis —dijo Lucy—. Van a cerrarlo.

Zuleta volvió a su oficina en el Duque pensando en la asombrosa anticipación que durante su enfermedad había hecho acerca del edificio en que funcionaba dicho instituto. Pero eran ya las siete de la noche, tenía mil ideas crepitando en su cabeza y no quiso dedicar un minuto más a nada distinto del final de su tesis. Trabajó como siempre, con intensidad, exigiéndose más allá de todo límite, acompañando cada idea con un nuevo cigarrillo, pero debía estar fuera de forma porque en algún momento de la madrugada cayó dormido sobre el teclado.

V

—¡Hola, señor fantasma! —le dijo Lucy—. ¿Pasó usted buena noche?

Mientras salía de sus brumas, Zuleta vio a la secretaria abrir las ventanas y escuchó las frases de admiración que dedicaba al hecho de que aún con todos los relatos sobre apariciones, él se atreviera a pasar la noche en el remodelado pero desapacible Instituto Neuropsiquiátrico. Por unos instantes, experimentó un sacudimiento de espanto, pero luego se fue reconfortando con la idea de que su supuesta convalecencia no era más que un repugnante sueño. Además, advirtió con alegría de sobreviviente que estaba a solo tres párrafos del final de su trabajo, lo cual lo empujó a ir a casa en busca de fuerzas para el soñado remate.

—Por favor —dijo a Lucy— no menciones que pasé la noche aquí.

Eran las doce y treinta de la madrugada cuando puso el punto final a las conclusiones. Notó de pronto que del pasillo procedía la agitación de la víspera; el terror se apoderó de sus fibras, sus ojos se hicieron de leche, su corazón huyó en estampida y sintió agujas en los dientes. Temió que al salir resultara en su horrenda pesadilla, pero enseguida cayó en cuenta de lo improbable que era repetir un sueño. Debían de ser compañeros que trabajaban hasta tarde, por lo que tenía que salir a avisar de su presencia. Aunque luego volvió a helarse de miedo ante la eventualidad de que fueran fantasmas, espíritus que flotaban en aquellos pasillos, que en un tiempo fueron laberinto para la enfermedad.

Ignoraba qué hacer. Sentía un inenarrable horror de salir, pero si no se asomaba y, en efecto, quienes se movían afuera eran compañeros, corría el riesgo de que al irse apagaran las luces del piso dejándolo solo y en tinieblas. No lo pensó más. Giró la perilla, entornó la puerta y salió, o mejor, entró en una oficina umbría donde había un PC encendido. Supuso que Lucy había olvidado apagarlo y se acercó a la pantalla para corregir el descuido. De pronto, la puerta se abrió a sus espaldas, una luz plena invadió la oficina y en la entrada aparecieron el neurólogo, otro cirujano y la enfermera jefe que lo miraban con irritada compasión.

—Si no me preguntan —dijo el doctor Méndez— habrían pasado la tarde buscándolo.

Zuleta sintió vergüenza al verse acusado de encerrarse en las oficinas de los médicos a escribir en sus PC, y ante la burla curiosa de los acompañantes del neurólogo, bajó la mirada sobre la bata azul de enfermo que cubría su desnudez. Tembló de horror: ¿Qué era lo real? ¿Aquel confinamiento por demencia o la culminación de la tesis por cuyo cansancio padecía aquellas alucinaciones?

—¿Cómo va la tesis? —le preguntó el doctor Méndez, indulgente.

—A punto de terminarla —respondió a modo de desafío y agregó: —Usted sabe, hacer ciencia en nuestro medio, además de difícil, resulta casi inútil. Luego de mucho esfuerzo, lo único cierto es que nuestra lengua no está hecha para la verdad, pues la verdad parece exclusiva del francés, del inglés, del alemán.

—¡Ah, qué interesante! —exclamó el neurólogo que enseguida le ordenó a la enfermera llevarlo a su habitación.

Mientras era alejado, Zuleta escuchó que el neurólogo le decía al cirujano que el caso era crítico y que si al cabo de otra semana bajo observación no reaccionaba a los medicamentos, tendrían que intervenirlo. Un momento más tarde, la enfermera lo acomodó en su cama, le inyectó en el brazo una sustancia y lo cubrió con la sábana, arrojándolo a una insondable ausencia.

VI

Eran las siete de la mañana cuando Lucy llegó a despertarlo. Zuleta se excusó ante ella por su aspecto, pero enseguida rio de felicidad al percatarse de que su confinamiento era un sueño y que, además, había logrado culminar aquel trabajo demencial. Se levantó, fue al baño y se lavó la cara decidido a no ir a casa sin imprimir el texto. Pero cuando estuvo otra vez frente a la pantalla, el peor de los horrores lo invadió: de las ochenta y tres páginas escritas a lo largo de un año, no había más que blanco. Entró en pánico. Revisó los archivos y de su investigación no había ni el título; era como si nunca hubiera escrito una sola línea. ¿Qué había sido de tantas jornadas de búsqueda, análisis, deducciones, conjeturas?

Recordó que en casa tenía la USB con una copia hasta el penúltimo capítulo. Fue enseguida a recogerla y una vez estuvo ante Lucrecia, desatendió sus reclamos por pasar las noches fuera sin siquiera llamar. Encontró la memoria en un cajón y logró serenarse con la idea de que quizá por algún accidente había borrado el archivo del disco duro, aunque con lo escrito aún fresco en su mente, aquella misma noche podría recuperarlo. Con todo, debía descansar, así que tras el desayuno se acostó a dormir hasta las seis de la tarde. Hora en que se levantó, se duchó y salió hacia la oficina donde daría fin a la malhadada tesis.

En efecto, tenía las setenta y ocho páginas cuya impresión ordenó como un dios que separa la oscuridad de la luz. Mientras las hojas salían ensombrecidas de texto, comenzó a reescribir las conclusiones. Sentía una delirante lucidez y, minutos más tarde, se estremeció de dicha ante unas líneas esta vez más inteligentes que las de la versión anterior. Buscaba la frase del cierre, la definitiva, cuando unos dedos tocaron su hombro. Giró la cabeza y quedó yerto: era el doctor Méndez y detrás de él, los principales especialistas del Neuropsiquiátrico.

—Descanse, por favor —le dijo sujetándole un brazo.

Luego, como si fuera un muñeco, lo puso de pie y lo entregó a la enfermera que lo recibió amable. De nuevo, Zuleta tenía la bata azul de los enfermos, y sus pies desnudos y demacrados ofrecían una lastimosa indefensión.

—Prepárelo —dijo el neurólogo.

Ante el asombro de todos, Zuleta opuso resistencia. ¿Era aquello un sueño? ¿Era lo real? En mitad de su terror, presintió que si lo dominaban ya no tendría oportunidad de saberlo y en un esfuerzo superior por aferrarse a la verdad, por asirse a la vida, comenzó a proferir alaridos. Y todavía, cuando estaba en el quirófano, atado y con la máscara de éter próxima a su cara, seguía gritando:

—¡No! ¡No estoy loco! ¡Nuestro país ha estado en los momentos cruciales del desarrollo del capitalismo! ¡Cuando se necesitó metálico, enviamos El Dorado! ¡Cuando se necesitó integrar el mundo, nos amputamos un canal interoceánico! ¡Cuando se necesitó detener el comunismo, fuimos un tapón en

El Darién! ¡Cuando se necesitó velocidad para crear y decidir, enviamos cocaína! ¡No! ¡No estoy loco! ¡Puedo probarlo! ¡Si se observa con decencia intelectual, es como si Lutero hubiera estado en Cartagena!

Massive Killer

*Usted replicará que la realidad no tiene la menor
obligación de ser interesante. Yo replicaré
que la realidad puede prescindir de esa obligación,
pero no las hipótesis.*

Jorge Luis Borges

I

A raíz de ciertos asesinatos seriales que nos hicieron parecer inoperantes, la Fiscalía me envió junto con Isabel Jiménez a un curso de actualización sobre perfiles en Quantico, Virginia. Ya me había informado por Oliver Cyriax de que el Centro Nacional para el Análisis de Crímenes Violentos había sido fundado por el presidente Reagan en 1984, para investigar a los *serial killers* y establecer si las características de un asesinato revelaban indicios de un delincuente ya identificado.

El "corazón" del centro es el sistema informático "Programa de Detención del Criminal Violento", operado por diez perfiladores veteranos a quienes se les denomina *analistas de investigación criminal*. El PDCV cuenta con un archivo centralizado y actualizado de los homicidios cometidos en la Unión Americana y permite identificar los crímenes de unos quince nuevos asesinos en serie por año, de los cuales, cerca de la mitad son procesados.

Cada vez que ocurre un nuevo caso, un minucioso cuestionario, elaborado por la policía local, permite introducir los detalles en Quantico, incluyendo todo lo que se sabe acerca de la víctima, estado del cuerpo, huellas de tortura, *modus operandi*, causa de la muerte y prueba forense. Estos datos estandarizados se envían al procesador central en Washington, que devuelve una "plantilla" con la lista de los diez asesinatos similares que más se ajustan, ordenados según el mayor o menor parecido.

Posteriormente, un analista de los casos más recientes evalúa si hay crímenes realizados por el mismo autor. Los analistas se apoyan en el "perfilador", el programa informático de la Unidad de Comportamiento Violento del FBI que, al procesar la información del crimen y la víctima, realiza una tipología del culpable: edad, sexo, raza, estado civil, coeficiente intelectual, educación, empleo actual, historia laboral, entorno familiar, carácter, aficiones y apariencia física.

Especifica, así mismo, si es "organizado" o "desorganizado", si podría regresar a la escena del crimen y si vive cerca o lejos de allí, conexiones con la víctima y, por supuesto, el motivo. En suma, con la tecnología del perfilador, el PDCV de Quantico es el sistema más perfecto para la investigación y control de los homicidas seriales. Y fue allí adonde precisamente, en plena primavera, la fiscal Isabel Jiménez y yo llegamos para un entrenamiento de tres meses.

II

La noche siguiente a nuestra llegada, la academia ofreció una cena de bienvenida a cuyo término, Pierce Brussel, uno de los directores más notables, llegó a nuestra mesa, tomó asiento, nos preguntó por Colombia y, encadenando con su correcto español nuestras respuestas, dio cuenta de lo bien informado que estaba de nuestro acontecer. Sus ambiguas miradas no dejaban duda de que le simpatizábamos, de modo que fue un honor que nos dedicara su interés. Sesentón, obeso y con una picardía infantil, se mantenía en su rango gracias a una inteligencia precedida por unos treinta años de exitosa experiencia en informática, criminalística, contraespionaje, antinarcóticos, antiterrorismo y otras áreas cuyo complemento era un doctorado en leyes en la Universidad de Fordham.

Pasado el cortés intercambio, llegó al punto que nos había llevado a Virginia, ya que, según Brussel, no era nuevo lo que nos sucedía.

—Hay en su país una lamentable tradición de criminales.

Enseguida citó nombres con una propiedad abrumadora, sobre todo al mencionar el caso de un violador y asesino de niños de la zona cafetera que, al amparo de nuestras limitaciones, había logrado el mayor récord en aquella infame historia: más de ciento cuarenta homicidios, cifra inalcanzable para asesinos tan prolíficos como Bundy, Stano, Dahmer y

Chikatilo, a los que el monstruo colombiano reducía a simples *wannabes*.

—Sin embargo —dijo—, si América es nación de asesinos seriales, Colombia lo es de asesinos masivos.

Repasé al instante la galería por la que mi país destacaba en ejemplos, incontables ejemplos que me obligaron a estar de acuerdo con quien agregó:

—Recuerdo especialmente al general Maza.

Quedé perplejo. No podía creer que la desinformación de la narcoguerrilla terrorista fuera hasta tal punto eficaz que, aun en Virginia, tuviera reputación de asesino, ¡y además, masivo!, quien fuera uno de los directores más notables de nuestro servicio de seguridad.

—Disculpe, señor Brussel, opuse, pero creo que usted ha sido mal informado. El general Miguel Maza es un ex oficial íntegro...

—Ah, lo siento —dijo con una sonrisa de burla.

—No, no es a ese general Maza al que me refiero. De quien hablo es del general Hermógenes Maza.

—¿El patriota? —pregunté con asombro—. ¿El oficial del ejército libertador?

—El mismo —dijo enfático.

—Señor, ¿no estará usted confundido? —dije recordando los chistes que había oído sobre el general Maza.

—En absoluto —dijo—. El general Hermógenes Maza encaja en el perfil de asesino masivo

—Temo estar en desacuerdo —dije evocando mis clases de historia—. Si cometió algún exceso, fue en el curso de una guerra de independencia que, como toda guerra, produce excesos.

Pierce Brussel volvió a sonreír burlón:

—Agente Durán, dígame, ¿qué lo trajo aquí?

—Bueno, porque...

Me descubrí en mitad de la trampa y esgrimí en tono resuelto:

—No es lo mismo, señor Brussel.

—Lo es —dijo—. Fíjese: la mayoría de los crímenes que ocurren en su país se atribuyen al conflicto armado y al narcotráfico. Sin embargo, aunque tales factores son decisivos, muchos crímenes no obedecen a esos móviles. Usted lo sabe, por eso está aquí. Amparados en la violencia, muchos psicópatas hacen de las suyas. Claro que las actividades ilícitas desencadenan conductas patológicas, pero no es menos cierto que tales sujetos se cuelan en las guerrillas, en las mafias, en los grupos paramilitares y aun en las instituciones legítimas para saciar su avidez de sangre. Lo mismo ocurrió durante la guerra de independencia, en la que muchos de estos criminales dieron rienda suelta a su pulsión homicida. Uno de ellos, quizás el más terrible, fue el general Maza.

Isabel y yo cruzamos un disgustado brillo de estupor. Yo iba a replicar, cuando un agente, mezcla de *yuppie* y deportista, se acercó a Brussel y le susurró algo al oído que lo hizo levantarse.

—Bien —dijo Brussel— ha sido un gusto. Ojalá tengamos ocasión de continuar nuestra charla. Ahora, lo siento, debo irme.

—¡No puedo creerlo! —murmuró Isabel—. ¡Historia de Colombia made in USA!

III

Quizá por nuestra condición de colombianos o por la reputación de nuestras autoridades en Estados Unidos, obtuvimos un trato preferencial a todas luces ordenado por Pierce Brussel. Durante los tres meses que duró el curso, los instructores nos brindaron toda clase de facilidades y se ocuparon de atendernos. Los días de descanso, por ejemplo, nos abrumaban con invitaciones a sus casas donde nos preparaban cenas inspiradas. Una de las personas a quien llegamos a deber gratitud enorme fue la agente Evelyn Carver, cuyas atenciones, no obstante, nos impidieron disfrutar del romance que Isabel y yo sosteníamos y que en su punto más ardoroso nos había llevado a considerar la idea de casarnos.

Éramos amantes desde hacía meses, durante los cuales, varias operaciones, en las que nos habíamos jugado la vida, contribuyeron a fortalecer un lazo de lealtad que nos hacía soñar con un común futuro. Y fue pensando en darnos un tiempo de convivencia, como nos postulamos para el programa de Quantico que, sin embargo, por su disciplina, estudio absorbente y agitada vida social, no nos dio mayor ocasión de acercarnos, de suerte que al final casi terminamos por no ser más que compañeros.

IV

Finalizando el curso, la academia nos sorprendió con una fiesta felizmente animada por un grupo de bluegrass llevado desde Floyd. Del abandono a que cierto rapto de celos de Isabel me había arrojado, salí para buscar la compañía de una agente que con amabilidad me llevó a la mesa de las personalidades de Quantico. Luego de que me dieran lugar, advertí el dominio que sobre los directores ejercía un hombre locuaz y no gratuitamente soberbio: Pierce Brussel. De nuevo, fue evidente que me dedicaba su atención.

—Tenemos un asunto pendiente —dijo—. Aún no he podido conversar con usted acerca de cómo el abuso sexual ejercido sobre el general Maza lo llevó a ser uno de los asesinos más sanguinarios.

—¿Abuso sexual? —pregunté—. Señor Brussel, el general Maza es un héroe nacional y si algo es ley en todas partes es que los héroes no se tocan.

—En absoluto —dijo—. Pero el general Maza encaja en el perfil de los sujetos sexualmente abusados.

—Perdóneme —insistí— pero no podría estar de acuerdo. Es una hipótesis interesante, pero improbable.

Pierce Brussel me miró con su habitual sorna:

—Agente Durán, ¿sabe usted qué hago aquí?

—Por supuesto, señor. Y justamente eso lo exime de conocer a fondo la historia de mi país.

—Excúseme —dijo antes de atender una llamada de su celular. Luego, igual que la vez anterior, se puso de pie diciendo:

—Agente Durán: mi oficio, lejos de eximirme de estudiar la historia de su país, me lo ha impuesto como un deber. Ahora, lo siento, debo irme.

"¡Demente!", pensé al estrechar su mano y enseguida, fui en busca de la reconciliación con Isabel.

V

—Le gustas— me dijo ella luego de encender el cigarrillo posterior a un amor rabioso.

—¿A quién? —pregunté.

—A Brussel —dijo enfática. Me incorporé irritado:

—Está bien que en todas las agentes veas una amenaza, ¿pero en Brussel?

—Tú sabes que es cierto.

Lo era. Habiendo advertido las inclinaciones de Brussel, me mortificaba su compulsión de escudriñar en los demás y, por supuesto en mí, su homosexualidad.

—De acuerdo —admití—. Le gusta llamar mi atención. Pero ¿cómo lo supiste?

—Me lo dijo Evelyn.

Según la agente, Pierce Brussel admiraba a Hoover y replicaba sus manías. Así que la perspicacia que le había permitido resolver los casos más escabrosos, era la misma con que fustigaba a las personas de la más diversa condición.

—En opinión de Evelyn —dijo Isabel— el sujeto es un maniático. Su éxito radica en que disfruta de su trabajo de perfilador; en que le fascina estudiar el horror con que mueren las víctimas y las patologías de los asesinos, como si de ese modo realizara todo cuanto desea hacer y no se atreve. Peor aún: cuando está con alguien, en lo único que piensa es si ese alguien ha sido abusado o es un abusador; si ha sido agredido o es un posible agresor, si tiene perfil de víctima o si es un potencial psicópata... En fin, para Pierce Brussel la humanidad es una zoología en la que irredimiblemente se es presa o predador.

—¿Y tú qué piensas? —pregunté.

—Le creo a Evelyn —dijo Isabel—. Ese viejo marica me repugna.

VI

Una semana después, víspera de nuestro regreso a Bogotá, discutíamos con Isabel la circunstancia en que ella le pediría el divorcio a su marido. Dieron las seis de la tarde, cuando sonó el teléfono. Era Pierce Brussel, que nos invitaba a cenar.

—¿De gala? —repetí.

—Dile que no —me hizo señas Isabel.

—Estaremos listos —dije antes de colgar, animado por mis recientes consultas.

Tal y como lo anticipó Brussel, su chofer llegó a recogernos a las siete. A regañadientes, Isabel había dado un maquillaje discreto a su belleza, aunque luego admitió que su vestido de gala hacía muy buen juego con mi smoking. Igualmente ataviados, encontramos a Brussel y a su esposa. La cena discurrió con una amenidad derivada de la nostalgia con que los anfitriones recordaron ciertas exóticas vivencias de sus varios años en Colombia. Aunque no se dijo de manera explícita, era obvio que las actividades de Pierce Brussel en Bogotá habían tenido por objeto la infiltración de los carteles del narcotráfico.

Al término de la cena, y mientras Isabel apreciaba la colección de precolombinos de la anfitriona, Brussel me llevó al espacioso salón donde tenía su estudio, una respetable biblioteca y una refinada consola digital.

—Agente Durán —dijo invitándome a tomar asiento—. Sepa usted que no acostumbro a dejar cabos sueltos, no en vano soy director de Quantico. Me permití el abuso de incomodarlo, a sabiendas de la proximidad de su viaje, para explicarle cierto punto de vista, pues no podía quedarme con el malestar de que usted me considerara un... irresponsable.

—Ah, no señor —dije hipócritamente—. Créame que respeto su opinión.

—Deje el formalismo —dijo sirviendo sendas copas de coñac—. Usted y yo sabemos que mi afirmación parece un disparate.

—Tal vez me tomó por sorpresa...

—Y además —agregó dándome la espalda— Evelyn debió contribuir. Por suerte, ya fue separada del servicio.

Brussel me extendió una copa y una caja de habanos Montecristo. Yo rehusé fumar, de modo que él se acomodó en su poltrona, encendió un puro y siguió hablando con suficiencia.

—Pero en fin, volvamos adonde habíamos quedado: mi afirmación de que si fuera de esta época, el general Hermógenes Maza sería mucho más que un criminal de guerra. Sería un asesino en serie. Por suerte, para él, el siglo XIX y la guerra de independencia le dieron la oportunidad de ser un asesino de masas encubierto como héroe.

—Señor Brussel, es una acusación absolutamente injustificada.

—¿Injustificada, agente Durán? —preguntó serio.

—Conozco la historia de mi país, señor —dije asertivo—. Y, por lo mismo, me permito controvertir.

—Adelante —dijo Brussel en tono respetuoso.

—Es posible que el general Maza haya cometido excesos. Pero no olvide usted que su crueldad tenía por contexto una guerra de independencia que en aquel momento se libraba bajo el Decreto de Guerra a Muerte promulgado por el Libertador, Simón Bolívar.

—Oh, sí, lo sé —dijo Brussel—. Pero aquel contexto fue aprovechado por el general Maza para asesinar personas...

—Asesinar personas no, señor. Cumplir la orden de reducir las fuerzas realistas...

—Eso nos es exacto, agente Durán. Por ejemplo, luego de la masacre de Honda, el general Simón Bolívar le envió la orden de no derramar una sola gota de sangre de los españoles capturados en Gamarra. El general Maza hizo su interpretación del mensaje y, efectivamente, no derramó una sola gota de sangre: ahogó a los prisioneros.

—Admiro su erudición, señor. Pero sería más apropiado afirmar que al general Maza lo guiaba un poderoso afán vengativo, afán cuya causa, con seguridad, usted conoce.

—Explíquese —dijo Brussel.

—Señor, los españoles habían asesinado a Camilo Torres, a Francisco José de Caldas y a otros patriotas amigos de Maza, todos ellos brillantes personalidades criollas. Además, habían perseguido y asesinado a los miembros de su familia y, por si fuera poco, durante su prisión en Caracas, un presidio de casi dos años, le hicieron creer que iban a fusilarlo. Por todo ello, resulta razonable que una vez en libertad, el entonces teniente coronel quisiera vengarse de los españoles.

—Agente Durán, ¿sabe usted cuántas personas decapitó el general Maza en Tenerife?

—La verdad, no —mentí.

—Más de doscientas —dijo Brussel.

—Un número excesivo —comenté indiferente—. Probablemente un error.

—Agente Durán, ¿en verdad cree usted que las víctimas de Tenerife eran militares españoles?

—¡Por supuesto! —exclamé.

—Bien, usted me ha dado su versión, la versión oficial. Ahora déjeme darle la mía.

—Hable usted —dije sin reprimir mi disgusto.

—Hermógenes Maza era un sujeto muy… muy atractivo. Hijo de español, heredó una cabellera rubia que después se hizo rojiza. Su padre era un déspota, un hombre cruel y terrible que infligía severos castigos a sus hijos. Por supuesto, es improbable afirmar que el padre o alguien próximo a la familia hubiera podido cometer otra clase de abusos sobre el joven, pero llegado el momento de levantarse contra los españoles, Maza tomó una causa nacional para encubrir su causa personal. Es decir, al combatir a los españoles, se vengaba con odio de su padre.

—Es posible —dije—. Otros patriotas pudieron haber vivido lo mismo.

—¡Exacto! —exclamó Brussel—. A otros les ocurrió lo mismo y, sin embargo, no fueron tan crueles. ¿Por qué?

—Carácter, quizás.

—No —dijo Brussel—. Hay una diferencia. Esa diferencia la constituye un hecho cuya ocurrencia no puede probarse durante su infancia, pero sí durante su presidio en Caracas.

—Señor Brussel, creo que, en este caso, sobreestima usted a Freud.

—Como guste. Pero es un hecho que Hermógenes Maza fue violado durante su encarcelamiento en Caracas.

—¡Imposible! —exclamé—. ¡Era un hombre muy viril! ¡Se habría hecho matar!

—Lo sometieron, agente Durán —dijo Brussel, burlón—. Los hombres de Boves lo sometieron. Vea usted, custodiando al prisionero Maza había un sujeto...

—El sargento Brito.

—Exacto. En varias ocasiones el sargento Brito sometió al prisionero a sesiones de látigo. Pero no solo eso: además, abusó sexualmente de él.

—¡Por Dios, señor Brussel! —exclamé fastidiado.

—La historia nunca dirá algo así —agregó indiferente—. Pero tal hecho puede inferirse.

—Ya veo —dije impaciente—, el perfilador.

—Y el lenguaje, agente Durán. El lenguaje que, en el caso del general Hermógenes Maza, es significativamente escatológico.

—¿En qué sentido?

—Verá usted: hay en el idiolecto del general Maza una excesiva recurrencia a lo anal, a expresiones escatológicas que incluso definen sus frases más célebres. ¿Recuerda usted la última? Ahí les dejo su país de...

—La recuerdo, señor Brussel —interrumpí—. Pero son chistes, no historia.

—Se equivoca. Es la historia que se hizo chiste. Insisto: durante los meses de su presidio, fue abusado sexualmente por Brito y sus cómplices. Pero luego, gracias a su atractivo, logró huir de prisión. Supongo que no ignora usted cómo fue aquello. Hermógenes Maza sedujo al guarda Moreno, uno de sus carceleros, para que le ayudara a fugarse. De hecho, Moreno lo acompañó en la huida, aunque posteriormente fue herido, capturado y fusilado. Así pues, pese a ser adulto, la prisión en Caracas fue escenario de varios ultrajes a la integridad del oficial Maza, y, si bien pudo no haber recreado algún episodio similar de la infancia, el caso es que bastó para que incubara un odio criminal hacia sus ofensores a quienes, por lo mismo, culpaba de haber hecho manifiesta su homosexualidad.

—¡Pero el general Maza se casó!

—¡Yo también! —dijo Brussel burlón.

—No es lo mismo —objeté—. El general Maza amaba a doña Manuela Conde.

—También yo amo a mi esposa, dijo Brussel. Pero tiene usted razón, no es lo mismo. Yo he vivido con mi esposa un cuarto de siglo; el general Maza vivió con la suya solo un mes. ¿Por qué?

—La guerra, señor. El general debió ir a Panamá y de ahí a la Campaña del Sur.

—Pero, ¿por qué no regresó con ella una vez terminó la guerra? ¿Lo ve usted? Algo había envenenado el espíritu del general Maza, algo que ya antes había estallado en Tenerife.

—Tenerife —dije— fue una brillante operación militar.

—Sí, agente Durán. Pero luego fue una masacre. Escuche: la flotilla que huía por el Magdalena hacia el Caribe transportaba algo más que militares españoles, transportaba población civil. Luego de la captura, el vencedor tomó asiento en tierra junto al buque La Comandancia. Había ya una larga fila de prisioneros en espera de su veredicto, pero el oficial Maza no estaba seguro de que todos fueran españoles y, si no estaba seguro, era porque allí también había civiles. Por lo tanto, cada vez que un reo llegaba ante él, le conminaba: "Diga Francisco". Quienes pronunciaban la C ibérica eran españoles y estaban condenados. ¿Y qué expresión usaba el temible patriota? "¡Al baño!" Con esta expresión, los condenados subían al puente de La Comandancia donde los verdugos cumplían la sentencia de decapitarlos. No todos eran soldados realistas, agente Durán. Allí también había ancianos, mujeres y niños, familias enteras que huían de los patriotas, pero que nunca se imaginaron caer en tan sanguinario poder. En total, fueron más de doscientas personas decapitadas en un solo día por alguien que para vengar los ultrajes de que había sido víctima, ordenó su muerte con la expresión "¡Al baño!", "¡Al baño!", "¡Al baño!"... Ni siquiera los historiadores de su país pueden ocultar el hecho de que innecesariamente y contradiciendo las órdenes de El Libertador, Hermógenes Maza tiñó desde aquel momento y para siempre las aguas de su hermoso río Magdalena. Ahora bien: ya usted conoce nuestro perfilador, dígame entonces, ¿qué hace distinto al general Maza de criminales como Dahmer, Holmes, Manson, Bundy, Gacy, Gein, Panzram, De Salvo, Fish, Kemper, por no mencionar otros casos? Nada, ¿verdad? La única diferencia es que estos sujetos vivieron en el siglo XX en una democracia y no tuvieron el pretexto de una guerra para despellejar a sus víctimas. Finalmente, agente Durán, déjeme decirle una última cosa: si aún no lo convencen mis argumentos, entonces nunca debió venir aquí; entonces usted perdió su tiempo en Quantico.

—Es tarde —interrumpió Isabel, que entró con la señora Brussel.

Luego de que nos despedimos, seguía ardiendo en mi cabeza una airada réplica: "¡De acuerdo, señor Brussel! Pero entonces, dígame usted, ¿qué hay de sus gobernantes, de sus generales y de sus héroes? ¿Qué me dice usted de Hiroshima, de Nagasaki, de Vietnam, del Golfo Pérsico, de todas las operaciones

que han encubierto a monstruos de peor calaña?".
Por supuesto, nunca lo dije. Aquel no era el punto y
si lo hubiera tocado, le habría dado a Brussel el placer
de darme en parte la razón, aunque aclarando que
el tema de nuestra charla no era qué país era más
sanguinario.

VII

Al día siguiente, Isabel Jiménez viajó sola a
Colombia con la decisión de salvar su matrimonio.
Aprovechando la influencia de Pierce Brussel, me
declaré desertor de la Fiscalía, pedí asilo ante el
gobierno americano y gracias a la información que
poseía acerca de ciertos casos de corrupción en mi
país, logré, al finalizar el verano, mi inclusión en un
programa especial de protección de testigos. No era
que hubiera aceptado la trillada teoría de una genéti-
ca de la violencia en Colombia, pero la crueldad era
un rasgo tan arraigado, tan entronizado en nuestra
vida, que todo intento por reprimirla estaba condenado al fracaso. En suma, no tenía yo ninguna razón
para regresar, de modo que mientras volaba en un
avión federal a Boston, pensé en mi patria, cerré los
ojos y haciendo eco a un adiós amargo, murmuré:
—¡Ahí les dejo su país de mierda!

FIN